우리는 조금씩 자란다

우리는

조금씩

자란다

살아갈 힘이 되어주는
사랑의 말들

✦

김 달 님
지   음

창비
Media Changbi

페이지를 넘기면 다음 장면이 기다리고 있다.

우리가 같은 것을 보고 함께 웃고 울 수 있다면 좋을 것이다.

어떤 글을 쓰고 싶은지 묻는 질문에 매번 떠올리는 고레에다 히로카즈 감독의 말이 있다. 그가 쓴 산문집에서 읽은 문장이다.

나는 주인공이 약점을 극복하고 가족을 지키며 세계를 구한다는 식의 이야기를 좋아하지 않는다. 오히려 그런 영웅이 존재하지 않는, 등신대의 인간만이 사는 구질구질한 세계가 문득 아름답게 보이는 순간을 그리고 싶다. *

구질구질한 세계가 문득 아름답게 보이는 순간. 나는 감독의 이 말을 믿음직해서 좋아한다. 나는 이 세계가 아름답다는 말보다 구질구질하다는 말에 더 마음이 가는 사람이고, 그럼에도 이 세계가 문득 아름답게 보이는 순간을 그리고 싶다는 말이 내게는 결국 삶을 사랑하겠다는 마음으로 느껴지기 때문이다. 그래서 내게도 귀하게 찾아오는 아름다운 순간을 글로 쓰고 싶어질 때마다 불현듯 깨닫곤 한다. 삶을 사랑하는 데 실패한 것 같은 날들에도 사실은 내가 이 삶을 계속 사랑해보고 싶은 마음이었다는 것을.

　　그리고 나는 그러한 순간을 누군가가 들려준 말과 이야기 속에서 만난다. 모두가 아는 유명한 사람이 아니라 살면서 어렵지 않게 만나는 주변 사람들의 말. 내게는 한 명 한 명 다르게 특별하지만 그 사람의 존재를 알지 못하는 이들이 더 많은, 결국엔 내가 아는 평범하고 특별한 사람들의 말. 예를 들면 이런 사람들의 말이다.

시장에서 조금 더 저렴하게 파는 생선을 발견하는 작은 행운에도 기뻐하는 사람. 봄이 오면 나무에 나뭇잎이 어떻게 자라는지 유심히 보는 사람. 아이의 손바닥에서 나던 냄새를 오랫동안 기억하는 사람. 극장에서 자신만 알아볼 수 있는 단역으로 출연한 영화의 엔딩크레디트가 다 올라갈 때까지 보고 나오는 사람. 어릴 적 어머니가 고생했던 시장에서 사 온 토마토를 씻다가 눈물이 핑 도는 사람. 긴급재난지원금으로 브랜드 쌀을 사는 사치를 처음 부려본 사람. 그 쌀로 지은 밥맛이 좋아 멀리 사는 여동생에게도 한 포대 보내는 사람. 청소 노동을 하며 관찰한 일들을 작은 일기장에 기록하는 사람. 혼자 우는 사람의 손에 귤 한 조각을 쥐여주는 사람. 마흔이 되어 비로소 자신을 사랑할 수 있게 된 사람. 임종을 앞둔 아버지에게 처음으로 사랑한다는 말을 해본 사람.

사람들이 하는 말은 일부러 하는 말, 근사해 보이려고 하는 말, 큰 소리로 하는 말이 아니었으므로 운 좋게 그들의 말을 듣게 되면 잊지 않으려고 더 노력해야 했다.

기억하고 싶은 말이 있을 때마다 작고 귀한 것을 손에 쥔 기분으로 노트에 옮겨 적었다. 어떤 날은 노트에 적은 말이 하루의 일기가 되고 기도가 되고 다짐이 되었다. 처음 꾸는 꿈이 되고 믿고 싶은 미래가 되었다. 전하고 싶은 아름다움이 되었다. 이 노트는 늘 나와 가까운 곳에 있어서 필요할 때마다 펼쳐서 여러 번 읽어본다. 삶에서 용기와 사랑, 믿음이 필요한 순간은 자주 찾아오기 때문이다. 최근에 가장 좋아하는 말은 눈이 내리던 1월의 밤에 막내 고모가 해주었던 말이다.

　지난겨울엔 나를 키워준 두 사람이 차례로 세상을 떠났다. 11월 말 할아버지 장례를 치르고 두 달 만에 할머니도 따라 눈을 감았다. 할머니 유골함을 땅에 묻던 날은 몹시 추웠다. 엄마는 추위도 많이 타면서 왜 이렇게 추운 날에 떠나느냐고, 둘째 고모는 코를 훌쩍이며 말했다. 그날 밤은 할머니 할아버지 집에서 고모들과 함께 보냈다. 피곤해서 눈을 감으면 안방과 거실, 주방에서 할머니 할아버지 모습이 보였다. 방은 어두운데 기억은 환했다. 잠이 오지 않아 몸을 뒤척이는데 거실에서 산소에 가져갈 조화를 손질하던 막내 고모가 말했다.

"달님아. 자?"
"아니. 왜?"
"밖에 눈 와. 나가서 눈 구경해. 눈이 내리면 하늘에 있는 사람이 행복한 거랬어."

고모의 말에 겉옷을 대충 챙겨 입고 마당으로 나가보았다. 서울은 지겹게 온다지만 남쪽 지방에선 늘 기다리게 되는 귀한 눈이 내리고 있었다. 눈. 오늘 같은 밤에 눈이 내리다니. 신기한 마음에 고개를 들어 하늘을 보았다. 산동네의 밤은 깜깜해서 떨어져 내리는 눈송이 하나하나가 선명하게 보였다. 마치 내게로 오는 듯해서 추운 줄도 모르고 한동안 제자리에 서서 하늘을 올려다보았다. 언제까지고 볼 수 있을 것 같은 기분이었다.

그러다 문득 이 마당에서 할머니가 빨래를 널고, 담장에 걸터앉아 나를 향해 손을 흔들고, 아끼던 화분에 물을 주던 모습이 떠올랐다. 마당 한구석에서 밤껍질을 말리던 모습이나 현관문을 열고 나서는 할머니의 익숙한 목발 소리도 생각이 났다. 할머니는 지금 어디에 있을까. 그곳에서 나를 볼 수 있을까. 바람 소리도 없이 고요하게 내리는 눈이 우리가 함께 살던 집 마당 위로, 내 얼굴과 신발 위로 내려앉았다. 누군가 살며시 보내는 인사처럼. 조심스럽게 다녀가는 발걸음처럼. 그날 밤 나는 믿고 싶었던 것 같다. 눈이 내리면 하늘에 있는 사람이 행복한 거라는 고모의 말을.

지난밤엔 노트에 적힌 말들을 읽다가 어느새 내가 그밤으로부터 조금씩 떠나왔다는 걸 깨달았다. 그건 단지 겨울에서 여름으로 계절이 바뀌고 시간이 지나서만은 아니었다. 오직 나만이 알아볼 수 있을지라도 내 안에서 조금씩 자라난 마음 덕분이었다. 슬픔이 긴 날들에도 다시 기쁠 수 있다고 믿는 마음. 지금 여기에서 더 나아질 수 있다고 조용히 희망하는 마음. 그러니 하루하루 다가오는 삶을 기꺼이 사랑해보자는 마음. 마음이 자라는 방향은 사람들이 내게 들려준 말들이 가리키는 곳이기도 했다. 눈 내리던 밤. 이제는 집으로 돌아가자고 생각하며 돌아섰을 때, 나를 기다리고 있던 거실의 불빛처럼. 가슴 미어지게 환하고 따뜻한 곳으로.

또 하나의 밤이 지난다. 이제는 내게 온 이야기들이 내가 모르는 어느 먼 곳까지 나아가는 모습을 지켜보고 싶다. 그중 어떤 말들은 우리가 함께 사랑할 수 있기를 바란다.

2023년 가을
달님

---

* 고레에다 히로카즈 『걷는 듯 천천히』, 이영희 옮김, 문학동네 2015.

차례

마음이 · 자라는 · 방향

¶ 1부 ─────────

매일 새로운 이야기를
하는 사람

　이승기 선생님을 다시 만난 건 6년 전 겨울, 마산의 한 독립영화 상영관에서였다. 영화 「맨체스터 바이 더 씨」를 유일하게 상영하는 극장이라 친구와 함께 보러 간 날이었다. 영화가 끝난 후 마음이 자잘하게 부서지는 여운을 느끼며 상영관을 나서려는데, 가장 구석진 자리에 앉아 엔딩크레디트를 응시하는 사람이 보였다. 언뜻 보이는 얼굴이 익숙해 다가가니 이승기 선생님이었다. 방송국에서 처음 일을 배우기 시작했던 스물셋부터 영화사에서 일했던 20대 중반까지 *그*를 어느 때는 방송 출연자로, 어느 때는 영화 관객으로, 어느 때는 영화자료 연구가로 만나왔다. 그는 지금껏 내가 만난 사람 중 가장 영화를 사랑하는 사람이었으므로, 우연히 마주친 곳이 다름 아닌 극장이라는 사실이 더 반갑게 느껴졌다. 선생님과 함께 어둑한 상영관을 벗어나 밝은 곳에서 안부 인사를 나눴다. 여느 때처럼 그는 회색빛 머리에 오래된 재킷 차림으로 영화는 어땠는지 물어보았다. 어떤 배우의 연기가 좋았고, 어느 장면에서 눈물이 났는지 이야기하자 그는 여전히 상영관 안에 남아 있는 듯한 표정으로 영화의 어떤 점이 좋았는지 자세히 들려주었다. 덕분에 조금 전에 본 영화가 내가 본 것보다 더 좋은 영화처럼 느껴졌다. 그리고 그와 헤어지고 돌아서는 길엔 선생님의 나이가 내 할아버지와 같은 나이라는 사실이 새삼스럽게 다가왔다.

2년이 지난 2019년 여름, 선생님을 인터뷰로 만날 기회가 생겼다. 기자로 참여하던 잡지에 그가 사랑하는 영화 이야기를 싣기 위해서였다. 선생님을 뵈러 그가 시민들에게 고전 영화 강의를 한다는 문화원으로 찾아갔다. 그곳은 선생님이 평생 모은 1만여 점의 영화 자료가 보관된 곳이기도 했다. 얼굴을 알고 지낸 지는 꽤 되었지만 긴 대화를 나눈 적은 없었으므로 2시간 동안 인터뷰를 진행하며 선생님에 대한 많은 이야기를 들을 수 있었다. 여섯 살에 아버지를 따라 영화관에 처음 가보았던 것이나 집안 형편이 어려워져 극장에 몰래 숨어 들어가 영화를 봤던 기억. 고등학생 때 「작은 아씨들」의 배우 준 앨리슨에게 반해 팬레터를 보냈던 것과 꿈꾸던 유명한 영화감독*은 되지 못했지만 매일 영화를 보고, 영화 자료를 모으고, 때론 책을 내면서 평생을 영화 안에서 살아온 이야기. 그런 선생님이 살면서 본 가장 좋은 영화는 역시 쥐세페 토르나토레 감독의 「시네마 천국」이었다. '영화는 눈을 뜨고 꾸는 꿈'이라고 말하는 그와 가장 잘 어울리는 영화였다. 그리고 그날 선생님은 이런 말을 들려주기도 했다. 사람이 영원히 살 수만 있다면, 살아서 계속 계속 영화를 보고 싶다고.

1년이 지나 이번에는 선생님이 먼저 전화를 주셨다. 은행에 갔다가 우연히 내가 기사를 쓰는 잡지를 보게 되었고 반가움에 전화를 걸었노라고. 그러고 보니 선생님은 몇 해 전 내가 한 신문사에서 격주로 칼럼을 연재했을 때도 잘 읽었다며, 어떤 부분이 특히 좋았는지 전화로 알려준 사람이기도 했다. 마침 한 해가 얼마 남지 않았던 때라 연말 인사를 드릴 겸 선생님과 저녁 약속을 잡았다. 평소 그를 좋아하는 동료 작가 2명도 함께하는 자리였다. 저녁 장소는 선생님이 자주 간다는 대패삼겹살 집이었다.

연말이라 그런지 가게는 고기 굽는 소리와 건배하는 소리, 사람들 떠드는 소리로 시끌벅적했다. 그 소란 속에서 서로 안부를 묻던 중 선생님이 재미있는 것을 보여주겠다며 주머니에서 휴대전화를 꺼냈다. 그러고는 갤러리에 저장된 사진 하나를 우리 쪽으로 보여주었는데, 고려시대 병사 복장을 하고 가짜 수염을 붙인 선생님이 웃고 있는 사진이었다. 얼마 전 아는 영화감독이 병사 엑스트라가 필요하다고 해서 갔다가 기념으로 찍은 것이라 했다. 자갈밭에서 계속 무릎을 꿇고 있느라 여간 힘든 게 아니었다며. 예상치 못한 사진에 나도 동료 작가들도 와하하 웃음이 터졌다. 선생님의 모습이 우스워서가 아니라 기꺼이 엑스트라가 된 선생님 모습이 재밌어서였다. 나중에 영화가 개봉하면 선생님을 찾아보겠다고 했더니, 그는 손사래를 쳤다. 똑같은 옷을 입은 병사들이 많아서 아마 본인만 자신을 알아볼 거라며. 그러면서 예전에는 이런 일도 있었지, 하고 다른 이야기를 들려주었다.

그러니까 10년 전쯤 일이다. 선생님은 평소 안면이 있던 감독의 첫 장편 영화에 난생처음 배우로 출연하게 되었다. 분량이 많지 않아 몇 줄 안 되는 대사를 달달 외워서 갔는데, 예상보다 긴 시간을 기다려야 했다. 몸은 힘들었지만 현장을 지켜보는 게 즐거워 견딜 만했다. 몇 달 후 대형 극장에서 열린 첫 상영회 날, 선생님은 평소 친하게 지내는 친구들 몇 명과 함께 영화를 보러 갔다. 자신이 등장할 때를 기다리느라 영화에 집중이 되지 않았다. 중반부에 이르러 드디어 자신이 등장할 차례가 되었을 때, 긴장된 마음으로 스크린을 지켜보았지만 다음 장면으로 넘어갈 때까지 선생님의 모습은 보이지 않았다. 어떤 이유에선지 선생님이 나오는 분량이 편집된 것이다.

그럼에도 선생님은 아주 짧은 순간 스치듯 지나가는 자신을 알아보았다. 너무 빨리 지나가 오직 자신만이 알아볼 수 있는 장면이었다. 선생님이 나오는 부분만을 기대했던 친구들은 너는 대체 언제 나오는 거냐고 옆자리에서 자꾸만 웅성댔다. 제일 속상한 사람의 속도 모르고 그랬다. 영화가 끝나고 엔딩크레디트가 오를 때 선생님은 자신이 맡은 배역의 이름과 나란히 적힌 '이승기'라는 이름을 보았다. 그 이름을 눈여겨본 다음 친구들과 극장을 빠져나왔다. 적잖이 실망한 친구들을 달래느라 주머니에 있던 돈을 다 털어 국밥과 소주를 샀다. 그게 바로 통편집이라는 거 아니냐고, 괜히 친구들 밥 사주고 술 사주느라 돈만 썼다며 선생님은 장난스럽게 웃었다. 나도, 동료 작가들도 선생님을 따라 깔깔 소리 내서 웃었다. 그렇게 웃는 동안 마음에 잔잔한 진동이 일었고 무엇인가 부드럽게 새겨지는 느낌이 들었다. 내가 살아보지 못한 여든 너머의 삶. 그 삶에도 여전히 기대하고 실망하는 일이 생긴다는 것. 그리고 그 속에서도 여전히 나만 아는 기쁨을 간직하게 된다는 것. 그것을 잊지 말라는 것처럼.

"선생님은 하루하루가 심심할 틈이 없겠어요."

함께 웃던 동료가 말했다. 선생님은 연일 술을 마시면 심심하지 않다는 농담을 한 후에 자신이 알고 있는 비결은 매일 새롭게 배우는 것이라 일러주었다. 그는 맨날 영화를 보는 것은 물론 언제나 머리맡에 책 다섯 권을 두고 잔다고 했다. 그중에는 젊은 작가가 쓴 책도, 오랫동안 좋아한 원로 작가의 책도 있다. 그리고 매일 여섯 신문사의 신문을 정독하는데, 두 곳은 구독해서 읽고 나머지 네 곳은 단골 카페에 가서 읽는다고. 그렇게 읽은 이야기 중에 재미있는 것을 골라 그때그때 만나는 사람들에게 들려준다고.

"그럼 친구들이 이렇게 말하지."

"뭐라고 하는데요?"

"승기야. 니는 매일 새로운 이야기를 하는 사람이라서 좋다."

매일 새로운 이야기를 하는 사람. 그건 서른에도, 마흔에도, 여든에도 내가 할 수 있는 가장 멋진 다짐 같았다. 마침 그 밤은 새해가 되기까지 열흘도 남지 않은 날이었다. 다가오는 날들을 알 수 없지만 앞으로 몇 번의 새해가 다가오든, 그때마다 나는 매일 새로운 이야기를 하는 사람이 되겠다는 다짐을 하고 싶었다. 그리고 기억하고 싶었다. 이 말을 일러준 사람의 나이가 나보다 마흔여덟 살이 많은 여든셋이었다는 사실을. 여든셋의 나이에도 여전히 매일 사랑하고 꾸준히 새로워질 수 있다는 사실을.

---

* 이승기 선생님은 2010년 제3회 서울노인영화제에 다큐멘터리 「마산의 극장 역사를 찾아서」를 출품해 우수상을 수상했다.

치에코 씨의
정성스러운 일일

　1967년 일본 이와테현의 소도시에서 나고 자란 치에코 씨는 27년 전 한국으로 와 창원에서 살고 있다. 그는 환경미화원으로 평일 아침 8시부터 저녁 5시까지, 내가 다니는 회사 건물을 담당한다. 2020년 초 지금 건물에 입주했으니 그동안 엘리베이터와 화장실, 로비에서 치에코 씨와 인사를 나눈 지 3년이 넘었다. 그와 대화한 적은 없지만 혼자서 꾸준히 호감을 가지고 있었다. 화장실을 항상 청결하게 유지하는 그의 부지런함과 종종 인사를 나눌 때마다 느껴지던 명랑한 기운이 좋았기 때문이다.

그러니 얼마 전 화장실에서 마주친 치에코 씨에게 감사 드린다고 인사를 건넨 것은 충동적인 마음에서 비롯된 것이 아니었다. 물론 이후에 나누게 될 긴 대화는 예상하지 못했지만.

그날 치에코 씨는 세면대 쪽 바닥을 닦다 말고, 나는 개인 칸에 들어가려다 만 어정쩡한 자세로 이야기를 나누었다. 내가 다니는 회사는 어떤 일을 하는 곳이고, 그곳에서 무슨 일을 하는지. 치에코 씨는 언제부터 이 일을 했고, 평소 어떤 마음으로 일하는지에 대해. 달님과 치에코라는 서로의 이름도 그 자리에서 처음 알았다.

"달. 일본어로는 츠키(つき)예요."

내 이름을 들은 치에코 씨는 손가락으로 하늘 쪽을 가리키며 말했다.

"저는 치에코 님을 보면서 늘 성실하게 일을 하신다고 생각했어요. 그래서 궁금했고요."

"그렇게 보였다니 기쁘네요. 저는 이 건물에서 일하는 게 재밌거든요."

"그래요? 어떤 점이 재미있어요?"

"이 건물에는 아주 다양한 사람들이 일을 해요. 매일 다른 일이 일어나고요. 그래서 여기에서 일하고부터 미화일기를 쓰기 시작했어요."

"미화일기요?"

"네. 그날그날 재미있었던 일들을 적어요."

"혹시 저에게 미화일기 이야기를 더 들려주실 수 있나요?"

우리는 이틀 뒤 건물 로비의 베이커리 카페에서 만났다. 약속 시간은 그가 퇴근하는 5시. 일하는 곳이라는 생각에 한번도 커피를 마시러 와본 적 없다는 그와 내가 자주 이용하는 2층 자리에 앉았다. 조금 어색해하며 인사를 나누는 동안 치에코 씨는 여기 이 자리에서 내가 노트북으로 무언가를 쓰는 모습을 몇 번 보았다고 했다. 비슷한 시간에 비슷한 모습으로 앉아 있어서 '글을 쓰는 사람인가 보다'라고 생각했다고.

"저를 보셨어요?"

"네. 이전에는 1층 긴 테이블에 주로 앉아 있었지요? 그 자리는 이 건물에서 두 사람이 가장 자주 앉아요. 건물 사장님과 달님 씨요."

그랬다. 오전 시간에 작업할 때는 1층 입구 쪽 긴 원목 테이블에 앉는 것을 선호했다. 카페 직원 외에는 보는 사람이 없다고 생각했는데 치에코 씨가 안다는 게 신기했다.

"제가 일하는 건물에 있는 카페니까 청소하면서 지나가다 한번씩 안을 살펴보거든요. 오늘은 손님이 얼마나 왔나 궁금하기도 하고요."

1시간 반 동안 이야기를 나눠본 치에코 씨는 호기심이 많고, 순간순간 기쁨과 고마움을 잘 표현하는 사람이었다. 커피 한잔과 딸기가 올라간 예쁜 케이크에도, 회사에서 하는 일 외에 에세이를 쓴다고 나를 소개했을 때도, 그동안 줄곧 호감을 가져왔다는 말에도. 특히 내가 쓴 책과 선물로 주고 싶은 책 한 권을 건넸을 때는 부쩍 높아진 목소리로 사실은 자신이 한국에 오기 전 도쿄에 있는 큰 인쇄 회사에서 일했다고 말했다. 손으로 만지는 종이 느낌과 냄새가 좋아 출판사에서 일을 해보고 싶었다고. 여전히 종이 냄새를 맡으면 마음이 편안해진다고. 그리고 치에코 씨는 "이것이 궁금하다 하셨지요?"라며 가방에서 노트 하나를 꺼냈다. 손바닥 두 개만 한 크기에 분홍색 꽃이 그려진 유선 노트였다.

"이 노트가 미화일기인가요?"
"네. 맞아요. 혼자서 일하니까 재미있는 일이 있어도 말할 사람이 없고. 그래서 일기를 쓰기 시작했어요."

치에코 씨는 두서없이 적은 일기라 문장을 다듬지 못했다며 보여주기 쑥스러워했다. 충분히 이해한다고 하자 대신 몇 가지 일기를 읽어주었다.

"일을 시작한 지 얼마 안 됐을 때 달님 씨가 일하는 9층 회사 사람들을 보며 쓴 일기예요. '9층에 올라가면 여러 사람이 있다. 머리가 아주 긴 남자도 있는데 그 사람은 스케이트를 타고 출근해서 아침마다 나를 깜짝 놀라게 한다. 홍보 회사라서 그런지 다들 개성이 넘친다. 사장님 은 교회 집사님 같은 모습으로 항상 웃고 있다. 다들 인 사만 하는 사이지만 재미있다. 내일은 또 어떤 일이 생 길까.'"

치에코 씨의 일기를 듣고 와하하 웃음이 터졌다. 사무 실에서 함께 일하는 동료들이 떠올랐기 때문이다. 스케 이트를 타고 출근하던 직원의 모습도, 늘 웃는 사장님의 얼굴도. 치에코 씨는 이런 이야기도 들려주었다. 머리 긴 남자 직원이 회사를 그만두던 날, 로비에서 우연히 마주 쳤는데 그동안 감사했다는 인사를 전하고 갔다고. 자신 에게도 인사를 하고 떠나는 사람은 처음이라 기억에 남왔다고 했다. 그리고 2020년 6월 4일에 '고마운 말'이라는 제목을 붙인 일기를 썼다.

"제가 청소 노동을 하기 전에는 일본 요리 전문점에서 조리 일을 했어요. 코로나 때문에 일을 쉬다가 운 좋게 이 건물에서 일하게 된 거예요. 한국에서 오래 살았지만 나이 많은 외국인 여성이 일자리를 찾는 건 쉽지 않거든요. 처음 하는 일이라 힘들었는데 몇 달을 해보니 차츰 일이 손에 붙었고, 익숙해지니까 조금 심심해지는 마음도 생겼지요. 그즈음 9층 남자 화장실을 청소하는 중에 직원 한 분과 마주쳤어요. 평소에 무표정한 분이었는데 그날은 저에게 '화장실이 정말 깨끗하네요'라고 말해주더군요. '조명 때문에 깨끗해 보이는 거 아니에요?'라고 농담하니 그분도 웃고 나도 웃었지요. 그리고 청소를 마치고 엘리베이터를 탔는데 이번에는 9층 홍보 회사 사장님이 저에게 '덕분에 저희가 깨끗한 환경에서 일합니다. 고맙습니다'라고 인사를 해주었어요. 참 신기한 날이죠. 그날 일을 일기에 적으면서 마지막 문장을 이렇게 썼어요. '안 보고 있는 것 같아도 다들 보고 있구나'라고요. 그동안 나만 보는 줄 알았거든요."

치에코 씨가 근무하는 건물에는 10여 개의 크고 작은 가게와 회사가 있고, 200여 명의 사람들이 매일 출퇴근을 한다. 카페와 식당을 이용하는 사람들까지 세어보면 훨씬 더 많은 사람이 이 건물을 다녀간다. 매일 몇 회 청소를 해야 한다는 규정은 없지만 치에코 씨가 스스로 정한 약속은 있다. 하루 두 번 이상 꼭 청소할 것. 식당이 있는 2층은 세 번 청소할 것. 가끔 일이 힘들 때면 처음 이 일을 가르쳐준 70세 선배의 말을 떠올린다. 화장실 청소가 때때로 더럽고 힘들지만 내 가족이 쓰는 곳이라 생각하면 덜 힘들어진다는 말을. 그게 이 일을 계속하는 비결이라던 30년 경력의 선배 조언을. 거기에 더해 일을 몸으로 겪으며 치에코 씨가 찾은 비결도 있다고 했다.

"제가 쓰던 미화일기가 미화생존일기로 바뀌었던 때가 있어요. 일을 시작한 지 3개월 정도 지난 아침, 손가락이 잘 펴지지 않았어요. 무리하게 손을 많이 썼던 거예요. 초보라 몸만 앞서는 바람에 골병이 난 거죠. 잘 낫지 않아 병원에서 엄청 비싼 주사도 맞았어요. 그때부터 어떻게 하면 내 몸을 해치지 않고 일할 수 있는지 일기를 썼어요. '빠르게, 빠르게'가 아니라 천천히 닦아야 한다, 독한 세제는 나를 병들게 하니까 순한 세제를 써야 한다, 물로 할 수 있는 청소는 물로만 하자, 쉴 때는 쉬고 일하자. 결국은 내가 건강해야 계속할 수 있는 일이니까요."

치에코 씨 대답에 안심했다. 그의 최선이 자신을 지키는 영역을 무리하게 넘지 않는다는 것에. 이어서 그는 이 건물 안에 가장 좋아하는 자리가 있다고 했다.

"9층에서 옥상으로 올라가는 계단 중간에 창문이 하나 있어요. 쉬는 시간에는 그 자리에 서서 창밖을 구경해요. 예쁜 풍경은 아니고 한창 건물을 짓는 모습인데, 세어보니 늘 25명 정도 되는 인부들이 일을 해요. 어떤 사람은 열심히 하고 어떤 사람은 농땡이를 부리죠. 그렇게 사람들을 구경하는 시간이 재미있어요."

치에코 씨가 말하는 창문을 바로 떠올렸다. 나 또한 여러 번 그 앞에 서서 건물이 지어지는 과정을 바라본 적이 있었으니까. 그날 우리가 앉은 자리에서 오른쪽으로 고개를 돌리면 건물 1층 너비만 한 유리창이 있다. 커다란 창 너머로 차도를 지나가는 버스들과 자동차들, 걸어가는 사람들, 저녁이 오는 만큼 선명해지는 신호등 불빛이 보였다. 시계를 보니 저녁 6시 반이 넘은 시간. 치에코 씨와 만났을 때는 푸르스름하던 하늘이 차츰 붉어지고 있었다. 이제는 치에코 씨도 식구들이 기다리는 집으로 돌아가야 할 시간. 아쉬운 마음에 치에코 씨에게 몇 가지를 더 물었다. 일기는 주로 언제 쓰는지. 하루 중 가장 좋아하는 시간은 언제인지. 취미 활동은 무엇인지. 그중 좋아하는 한국어는 무엇인지에 대한 질문도 있었다. 치에코 씨는 잠시 고민을 하더니 대답했다.

"정성. 저는 정성이라는 말이 좋아요."

"왜 그 말이 좋은가요?"

"정성에는 마음이 담겨 있으니까요."

정성은 그날 치에코 씨의 이야기를 듣는 동안 마음 안에서 저절로 자라난 말이기도 했다. 그리고 그가 정성을 다하는 대상이 매일 반복되는 노동뿐 아니라 이곳에서 보내는 하루하루, 그렇게 쌓여가는 자신의 삶이라는 점이 나의 한구석을 반듯하게 펴주는 기분이 들었다. 그제 야 그에게서 느껴지던 명랑한 기운이 어디에서 왔는지 알 것 같았다.

치에코 씨와 이야기를 나눈 이후 언제나처럼 엘리베이터와 화장실, 건물 로비에서 종종 마주친다. 이전과는 다른 반가움으로 인사와 안부를 나누고 헤어지는 것이 달라졌을 뿐. 그리고 생각한다. 이 건물에는 내가 아는 한 사람이 있다고. 매일 아침 사람들이 감동할 것을 기대하며 그날의 노동을 다짐하는 사람이. 건물에서 마주치는 사람들을 궁금해하고 쉬는 시간에는 좋아하는 창문 앞에 서서 바깥세상을 구경하는 사람이. 정성을 다해 일하고 집으로 돌아가면 그날 마음에 담아둔 것을 일기에 적는 사람이. 치에코 씨를 떠올리면 건물 곳곳에 그가 있을 만한 자리마다 조명이 켜지는 것 같다. 치에코 씨가 없어도 그 자리를 알아볼 수 있다. 서로 이름을 알기 전에 치에코 씨가 나의 자리를 알아보았듯이. 하루하루. 우리 삶이 함께 흐르고 있다.

2020년 5월 치에코 씨의 미화일기.
나는 어떤 생각으로 하루를 시작하는가. '내가 깨끗하게 청소를 하면 사람들이 감동하겠지' 생각하며 일을 한다. 깨끗해지는 걸 보면 나도 기분이 좋아진다.

너에게
주고 싶은 것

「다큐멘터리 3일」은 한 공간에서 72시간 동안 사람들의 삶을 관찰하는 방송 프로그램이다. 내가 스무 살이던 2007년 5월 KBS 2TV에서 첫 방송을 시작해 15년 만인 2022년 3월 716회를 끝으로 편성이 종료되었다. 대학교 졸업 후 방송국과 영상 제작 회사에서 사람들의 이야기를 카메라에 담는 경험을 늘려가던 나에게 「다큐멘터리 3일」은 모범답안이자 꿈 같은 프로그램이었다. 물론 15년 동안 모든 편을 챙겨본 것은 아니다. 여전히 기억에 남는 에피소드가 있고 여러 번 돌려본 방송도 있지만 최근 몇 년 동안 잊고 지냈다. 그러다 편성 종료 소식을 알게 된 작년 봄, 아쉬운 마음에 지난 방송 몇 편을 다시 보기로 보았다. 전남 나주에 있는 이화영아원의 3일을 담은 '우리 앞의 생'도 그즈음 보게 된 것이다.

이화영아원은 가정에서 돌볼 수 없게 된 40명의 아이들과 함께 살아가는 보호시설이다. 아이들의 표현대로라면 엄마이기도 하고, 이모이기도 한 30여 명의 생활지도원이 교대로 근무하며 아이들의 24시간을 돌본다. 신생아부터 일곱 살까지 머무를 수 있고, 여덟 살까지 입양되지 않으면 아이들은 이곳을 떠나야 한다.

50분 분량의 방송 중에서 특별히 기억에 남는 장면 몇 가지가 있다. 하나는 신생아일 때 이화영아원에 들어와 어느새 여섯 살이 된 아이의 생일잔치를 준비하는 모습이다. 생활지도원들은 하원 후 집으로 돌아올 아이를 깜짝 놀라게 해주기 위해 기쁜 마음으로 풍선을 불고, 생일잔치에 함께 먹을 음식을 부지런히 준비한다. 여러 아이를 동시에 보살피느라 바쁜 와중에 즐거울 수 있는 건 아이가 좋아하는 얼굴을 누구보다 잘 떠올릴 수 있기 때문이다. 사랑하는 사람들은 그렇게 먼저 웃는다. 이화영 아원에서는 특별한 사유가 없는 한 아이들의 생일은 당 일에 챙기는 것을 원칙으로 한다. '생일은 세상에 나와줘 서 고맙다고 말해주는 날. 아이들에게 가장 주고 싶은 기 억'이기 때문이다.

그날 저녁 아이들 7~8명이 함께 지내는 방에서 생활 지도원이 밥을 짓는 모습이 나왔다. 국과 반찬은 조리실 에서 준비하지만, 밥은 꼭 방에서 짓는 이유가 있다. 집 에서 요리하는 냄새를 맡고 자랐던 유년시절 자신의 기 억을 이화영아원 아이들에게 조금이나마 채워주고 싶어 서다.

그리고 3일째 되는 날. 카메라는 처음으로 혼자 앉기 를 시작한 아이를 지켜보는 생활지도원의 얼굴을 담았 다. 아이가 앉는 모습을 놓칠세라 움직임 하나하나를 눈 에 담는 생활지도원의 표정에서 한 존재에 대한 경이로 움과 가슴 뻐근한 기쁨이 느껴졌다. 아이도 스스로가 신 기한지 자신을 향해 활짝 웃어주는 어른과 눈을 마주치 며 방긋 웃었다. 아이가 혼자 힘으로 앉는 일이 이토록 놀라운 일일까, 생각할 때 내레이션이 흘렀다.

"지난 이틀 사이 아이가 혼자 앉기 시작했습니다.
처음 앉아서 바라본 세상이 아이의 가슴속에 남기를
바랍니다."

몇 달 전, 인터뷰를 위해 한 보육원을 방문했다. 1945년
문을 연 이곳은 어른들의 보호가 필요한 아이들이 성인
이 될 때까지 지내는 곳이다. 현재는 신생아부터 대학생
까지 70여 명의 아이들이 '집'이라 불리는 이곳에서 살
아가고 있다. 당시 인터뷰로 만난 아이들은 초·중학생
남자아이 4명으로 구성된 비보이 팀이었다. 활동한 지 3년
차. 이미 여러 대회에서 유망주로 꼽힌 이 팀은 5년 전 이
곳에서 근무를 시작한 김영인 사무국장 덕분에 결성되
었다. 사회복지사로 일하기 전 그는 15년 경력의 비보이
였기 때문이다.

"작은 호기심으로 시작한 일이에요. 제가 춤을 오래 추

기도 했고, 마침 연습실로 쓸 만한 공간이 있길래 '너희 춤춰 볼래?' 하고 물었더니 하겠다는 아이들이 있더라고요. 처음에는 10명의 아이들과 동아리처럼 시작했는데 시간이 지나니까 춤에 진지해지는 아이들이 보였어요. 그래서 2021년 여름부터는 좀 더 본격적으로 해보자는 마음에 지금 멤버인 아이들과 팀을 만들었죠."

학교에서 돌아오면 매일 4시간씩 연습한다는 아이들은 그동안 여러 대회에 출전해 많은 무대에 올랐다. 돌아보면 왜 그랬나 싶게 부끄러운 무대도 있고, 기쁘고 뿌듯한 순간도 있다. 그날 연습실로 하나둘 모인 아이들과 처음 인사를 나눴다. 열세 살부터 열다섯 살까지, 내 나이의 절반보다 더 어린 아이들이었다. 김영인 사무국장이 자리를 비운 동안 연습실 바닥에 마주 앉은 아이들에게 궁금한 것들을 물었다. 왜 춤을 추고 싶은지. 춤을 출 때 어떤 기분이 드는지. 꼭 서고 싶은 무대가 있는지. 춤을 추고 나서 가장 기억에 남는 일을 묻는 질문에 3명의 아이들은 초청 공연 무대에 섰던 일, 좋아하는 비보이를 만났던 일, 대회에서 좋은 성적을 거두었던 일을 말했다. 하지만 한 아이의 대답은 조금 달랐다.

"의정부에서 열린 대회에 나갔었거든요. 그때 선생님이랑 애들이랑 다 같이 부대찌개를 먹었는데 그 부대찌개가 진짜 맛있었어요. 그게 제일 기억에 남아요."

다른 아이들처럼 대회나 연습 과정에서 있었던 일이 아니라 부대찌개를 먹은 일이 기억난다는 대답이 엉뚱하고 귀여웠다. '그날 먹은 음식이 정말 맛있었나 보네' 싶었다. 이어서 춤을 추고 난 후 무엇이 달라졌는지 물었다. 아이들은 차례로 전보다 자신감이 생긴 것, 꿈이 생긴 것, 따분함이 줄어든 것, 가족 같은 친구들이 생긴 것에 대한 이야기를 들려주었다. 부대찌개를 먹은 기억을 꼽은 아이는 이번에도 예상하지 못한 대답을 했다.

"예전에는 낯선 곳에 가면 무서워서 항상 선생님 팔짱을 끼고 다녔는데요. 이제는 혼자서도 다닐 수 있게 됐어요."

　그제야 아이들과 인터뷰하기 전 봤던 영상 몇 편이 생각났다. 김영인 사무국장은 팀 이름을 딴 유튜브 채널에 아이들의 다양한 일상을 기록한 영상을 올린다. 평소 연습실에 모여 춤을 추고 장난치는 모습, 서울에서 열리는 대회에 참가하기 위해 이른 새벽에 기차를 타는 모습, 경기에서 이긴 후 기뻐하는 모습과 지고 나서 무릎에 얼굴을 묻고 우는 모습, 맛있는 것을 먹으러 가는 길에 잔뜩 신난 아이들을 볼 수 있다. 그중엔 서울에 도착한 아이들이 지하철을 타는 법을 배우는 장면도 있다. 복잡한 노선도를 잘못 이해한 아이들이 결국엔 반대 방향으로 가는 지하철을 타려고 할 때도 선생님은 끝까지 기다려준 다음 실수를 바로잡아 준다. 아이들이 다음번에는 같은 실수를 하지 않고, 혼자서 탈 수 있기를 바라는 마음에서다. 그러니까 그 아이에게 '춤을 추고 난 후'란, 연습실과 무대에서 보낸 시간뿐 아니라 팀이 되고 난 후 사람들과 보낸 모든 시간인 듯했다. 그리고 그 시간 덕분에 선생님

팔짱을 끼지 않고 혼자 다니게 된 자신의 모습이 마음에 든 게 아니었을까. 아이들과 인터뷰가 끝나고 연습실 옆 공용 공간에서 김영인 사무국장과 이야기를 나눴다. 곳곳에 쌓여 있는 책과 피규어들이 눈에 띄었다.

"저희가 주말마다 정말 많은 대회를 나가거든요. 아이들이 가보지 못한 여러 지역에 가는데, 그럴 때마다 단지 춤추러 간다기보다는 경험을 많이 하고 오자고 생각해요. 여행 가는 것처럼 기차를 타고, 그 지역에서 제일 맛있는 음식을 먹고, 낯선 사람들을 만나고, 제 도움 없이 목적지를 찾아가는 훈련도 해요. 이제는 아이들 스스로 지하철을 탈 수 있어요. 그 기억이 뿌듯하게 남았나 보네요."

그의 이야기를 듣는 동안 문 너머로 희미하게 아이들이 떠드는 소리가 들렸다. 인터뷰 때는 잔뜩 긴장해 있더니, 평소엔 저렇게 웃는구나 싶었다.

"시설에서는 성인이 된 아이들에게 자립 비용을 마련해주는 일도 중요하기 때문에 예산이 여유롭지 않아요. 그런데 저는 아이들이 커서 잘 살아가려면 나중이 아니라 지금 많은 행복을 느끼고 여러 경험을 해야 한다고 생각하거든요. 조금 부담되더라도 일부러 좋은 옷을 사 입히고, 놀러가서 사진도 많이 찍고, 외식도 자주 하는 이유도 그래서예요. 당연한 이야기처럼 들리겠지만 어릴 때 이것저것 먹어봐야 어른이 되어서도 먹을 줄 알거든요. 몇 년 전만 해도 아이들이 초밥을 먹을 줄 몰랐어요. 먹어본 경험이 없으니까요. 그리고 저희 형편 안에서 아이들이 배우고 싶은 것이 있으면 다양한 방법으로 배울 수 있게 해주려고 노력해요. 그게 저희가 아이들에게 해줄 수 있는 가장 좋은 일이라고 생각합니다."

보육원 근처에는 아이들이 다니는 초등학교가 있다. 몇 년 전까지 아이들은 하교 후 곧바로 오지 않고 일부러 먼 길을 돌아서 오곤 했다. 본인이 어디에 사는지 또래 친구들에게 들키고 싶지 않은 마음에서였다. 하지만 최근에는 학교에서 곧장 돌아오는 아이들이 늘어났다. 사랑은 그렇게 아이들이 걷는 길을 바꾼다. 김영인 사무국장이 아이들에게 하고 싶은 말은 하나다.

"아이들을 생각하면 마음이 아플 때가 많지만, 아이들이 이곳에서 누릴 수 있는 행복을 많이 느끼고 자랐으면 좋겠어요. 당장 깨닫지 못해도 어른이 돼서 돌아봤을 때 자신이 많은 사랑과 보살핌을 받고 자랐다는 걸 떠올리기를 바라요. 그 사실이 아이들에게 계속해서 살아갈 힘이 되어준다면 너무 좋을 것 같습니다."

김영인 사무국장에게 아이들의 모습을 영상으로 기록하는 이유를 묻자 아이들이 자라는 모습을 남겨두는 사진첩 같은 것이라 답했다. 「다큐멘터리 3일」에 소개된 이화영아원에도 모든 아이의 성장 과정을 기록한 개별 사진첩이 있다. 배꼽이 떨어진 사진, 옹알이를 하는 사진, 걸음마를 시작한 사진, 처음 스스로 귤을 까던 날의 사진. 한 번뿐인 아이의 첫 순간이 빠짐없이 담긴 사진첩이다. 입양을 결심한 부모에게는 미처 보지 못한 아이의 성장을 마음으로 안을 수 있게 돕는 기록이자, 어른이 된 아이에게는 '너는 이렇게 잠을 자고, 밥을 먹고, 걷고, 울고 웃었단다. 그런 너를 보며 기뻐하는 사람들이 있었단다'를 알려주는 목소리가 된다. 어른이 아이에게 줄 수 있는 가장 좋은 것. 내레이션은 우리에게 이렇게 말한다.

"언젠가는 떠나야 하는 아이들에게 사랑받은 기억을 남겨주는 일. 어쩌면 아이에게 줄 수 있는 가장 아름다운 작별 선물일지도 모릅니다."

미루나무 아니고
버드나무

   몇 해 전 봄, 중요한 업무 미팅을 마치고 회사로 돌아가는 택시 안이었다. 나른한 기운에 멍하니 휴대전화만 보는데 기사님의 목소리가 들려왔다.

   "손님. 저 나무 보이시지요?"

   기사님의 물음에 고개를 돌려 창밖을 보았다. 아마도 도로 양옆으로 늘어선 가로수를 가리키는 듯했다. 며칠 사이 눈에 띄게 자라난 초록 잎들과 도로 쪽으로 넓게

진 나무 그림자가 보였다. 기척을 느꼈는지 룸미러로 뒷좌석을 살핀 기사님은 이야기를 이어갔다.

"저게 느티나무거든요. 신기한 게 자세히 쳐다보면 나뭇잎들이 한번에 안 핍니다. 우리가 보기에는 꼭 한번에 다 피는 것 같잖아요. 그런데 제가 보니까요. 나뭇가지 하나에서 잎이 먼저 피고, 그다음에 다른 가지에서 핍니다. 어떤 나무는 열흘도 차이 나고 그래요."

"정말요?"

"예. 이 길을 지나다 보면요, 손님. 나뭇잎 자라는 게 꼭 사람이 기지개를 켜는 것 같습니다."

기지개를 켜듯 나뭇잎이 자라나는 느티나무 길. 매일 출근하며 지나면서도 나무의 이름을 궁금해하지 않았는데, 누군가는 자주 보는 나무에 봄이 어떻게 오는지 유심히 보는구나. 얼마 후 회사가 이사하며 출근길이 바뀌었지만, 지금도 종종 그 길을 지나갈 때면 기사님이 해준 이야기를 떠올린다. 특히 봄에는 운전석에 앉은 이에게 꼭 들려주는 이야기. 이야기도 제철을 찾아오는 것이다.

집과 멀지 않은 호숫가에 하나, 자주 지나가는 도서관 맞은편에 하나, 회사 근처 작은 하천가에 한 무리. 긴 나뭇가지를 아래로 늘어트린 커다란 버드나무를 볼 수 있는 곳이다. 목련이 지고 벚꽃이 피는 3월 말이 되면 잔가지에 차츰차츰 연두색 잎이 자라나 버드나무가 있는 자리는 꼭 봄을 뒤집어쓴 것처럼 보인다. 특히 바람에 물결처럼 흔들리는 버드나무를 바라보는 것은 내겐 쓸쓸하지만 좋은 일. 하지만 버드나무의 이름을 오랫동안 잘못 알고 있었다는 건 조금 웃긴 이야기다.

언젠가 창원을 찾아온 동료 작가 수리와 호숫가를 걷다가 수령이 오래된 버드나무 한 그루를 보았다. 길게 늘어진 가지가 호수 표면에 닿았다. 그 나무를 지나며 나란히 걷던 수리에게 말했다. 이 나무를 볼 때마다 지금을 사랑하는 기분이 든다고.

"정말? 나도 버드나무 제일 좋아해요."

"버드나무? 이 나무 이름이 버드나무예요?"

"응. 그럼 뭐라고 생각했어요?"

"지금까지 미루나무라고 생각했어요. 가지가 늘어진 게 왠지 미루~처럼 생기지 않았어요?"

"달님. 농담이죠?"

겸연쩍은 마음에 수리와 버드나무 앞에 서서 함께 웃었다. 그 후로 버드나무를 보면 습관처럼 미루나무가 먼저 생각나곤 했다. 그러면 차례로 수리가 한 말이 떠올랐다.

"괜찮아요. 이제부터 새로 기억하면 되죠. 이 나무는 미루나무가 아니라 버드나무라는 걸."

비슷한 다른 이야기도 있다. 자주 가는 동네 책방 옆에는 6월이 되면 주황색 열매가 열리는 나무가 있다. 몇 년 동안 그 나무를 살구나무라고 생각해왔는데, 작년에야 책방 주인 참미로부터 나무의 비밀을 들었다.

"사실은 저도 살구인 줄 알았는데요. 얼마 전에 엄마가 알려주었어요. 이건 비파래요."

비파. 낯선 이름을 인터넷에 검색해보았다. 궁금해하는 사람이 많았는지 비파와 살구의 차이점을 설명하는 게시물이 여럿 보였다. 그날 알게 된 정보는 비파나무는 잎이 더 길쭉하고, 열매는 살구보다 노란빛을 띤다는 것. 나무 이름 하나를 제대로 알고 나니 책방 풍경을 설명하는 디테일을 하나 더 얻은 기분이다. 누군가 내게 초여름에 그 책방에 가면 무엇을 볼 수 있느냐고 물으면 이렇게 대답하고 싶다.

벽면 유리창 정면으로 소소소 바람이 이는 단풍나무와 오후에는 하복을 입고 하교하는 아이들을 볼 수 있다고. 그리고 책방 오른쪽 모서리를 돌면 풍성하게 열매를 맺은 비파나무를 만난다고. 한 장소를 설명할 때 그곳에 어떤 나무가 있는지 알려주는 건 꽤 귀여운 일이다.

멀지 않은 거리에 사는 친구는 자신이 사는 동네를 유독 무화과나무가 많은 곳이라고 말한 적 있다. 덕분에 무화과나무를 보면 늘 친구가 사는 동네가 떠오른다. 무화과나무는 잎이 오리발처럼 생겼다던 그 애의 말과 함께.

　비파나무의 비밀을 알아채고 난 얼마 후, 하천 산책로를 걷다가 바닥에 떨어진 하트 모양의 나뭇잎을 발견했다. 어쩜 이렇게 귀여울 수가. 어디서 떨어진 건지 궁금해 고개를 들어보니 이름 모를 나무에 매달린 잎들이 햇빛에 반짝이며 나풀나풀 흔들리고 있었다. 언제까지나 초여름을 사랑할 수밖에 없게 만드는 장면이다. 휴대전화 카메라로 하트 모양 이파리를 찍어 사진으로 식물 이름을 알 수 있는 검색 기능을 써보았다. 스마트한 검색 기능이 알려준 이름은 계수나무. 아, 이 나무가 계수나무였구나. 그 순간 번쩍 생각나는 일이 있었다.

　작년 1월에 매일 책을 읽고 인증하는 온라인 모임에 참여했다. 당시 마쓰이에 마사시 작가의 『여름은 오래 그곳에 남아』를 읽던 중 이 문장을 멤버들에게 공유했다.

여름 별장에 와서, 나에게 주어진 설계실 책상에 앉아서 맨 처음 생각한 것은 이 큰 유리창은 계수나무가 잎사귀를 활짝 펼치고 있는 가운뎃마당 경치를 보기 위한 것 같다는 것이었다. *

몇 시간 후 댓글 하나가 달렸다.

계수나무 잎이 지고 난 후 주변을 거닐어보세요. 달콤한 설탕 냄새가 난답니다.

와아. 다정한 댓글에 짧게 환호했었다. 다가오는 날에 계수나무를 꼭 알아보고 싶다고 생각했는데, 10년 가까이 계수나무가 있는 산책로를 걸으면서도 몰랐다니. 등잔 밑이 이토록 어두운데 잘도 걸어 다녔구나 싶었다. 계수나무 잎이 지는 것은 10월, 이르게 떨어진 이파리를 주워 사람들이 밟지 않도록 산책로 옆에 놓았다. 가을에는 꼭 설탕 냄새를 맡아보리라 기대하면서.

그리고 11월이 끝나가던 무렵엔 근처 공원을 산책하다가 달큼하고 싱그러운 향이 난 쪽으로 가까이 가니 흰꽃이 작은 종처럼 달린 나무가 있었다. 5월의 아카시아처럼 향으로 존재를 먼저 알리는 나무. 흰색 꽃이 피어당연히 은목서인 줄 알았는데 누군가가 귀띔으로 알려주었다.

"이맘때 피는 녀석들은 동목서예요. 금목서, 은목서는가을. 동목서는 겨울 초입이라고 외우면 된답니다."

이쯤 되니 작년 한 해는 나무 이름을 익히는 해였구나싶다. 그리고 지금은 2023년 봄. 얼마 전 회사 근처 산책로를 걷다가 풀밭에 쪼그려 앉은 할머니를 마주쳤다. 동그란 등에 봄볕을 고스란히 이고 쑥을 캐는 할머니였다. 3월이 되면 동네 곳곳에 쑥을 캐러 나오는 할머니들을자주 본다. 어떤 날에는 할머니 네다섯 명이 함께 머리를맞대고 있어 '오늘이 쑥을 캐기 가장 좋은 날이구나'라고생각했었다. 하지만 지금은 3월 말. 할머니는 지각생인

셈이다. 할머니 허리춤에 매달린, 아직 홀쭉한 비닐봉지를 보며 걸음을 멈췄다. 어째서 할머니들에게는 스스럼없이 말을 걸게 될까.

"할머니. 쑥이 많이 있어요?"
"올해는 내가 늦게 나와서 그런가. 쑥이 없어요. 남은 것들은 다 센 것밖에 없어."
"센 게 뭐예요?"
"쑥이 크고 억세요. 연하고 보드라운 쑥이라야 국을 끓일 수 있는데, 센 것들은 떡으로나 먹어야지."
"아쉬우세요?"
"올해는 내가 한발 늦었으니까 하는 수 없지요. 쑥국은 내년 봄에나 끓여 먹겠네."

내년 봄. 아직 여름도, 가을도, 겨울도 오지 않았지만 내년 이맘때 다시 시작될 봄을 상상해본다. 그때에도 느티나무 잎은 기지개를 켜듯 자라나고, 그 길을 지나는 기사님은 또 한번 흐뭇해질 것이다. 미루나무가 아닌 버드나무 잔가지가 바람에 흔들릴 테고, 할머니는 달력 날짜를 보고 지난해보다 서둘러 보드라운 쑥을 캐러 나오시겠지. 그러다 6월이 오면 책방 옆 비파나무에는 살구보다 노란 열매가 익어가고, 하천 산책로를 걸을 땐 이르게 떨어진 계수나무 이파리를 보고 걸음을 멈출 것이다. 반가운 마음에 고개를 들면 보이는 산들산들 흔들리는 이파리. 어김없이 눈앞의 계절을 사랑하게 될 테지. 그러다 겨울에 접어들 무렵엔 동목서 향을 맡고 반가워질 것이다. 내가 이 이름을 어떻게 알게 되었나 떠올리면서, 함께 걷는 사람에게 넌지시 알려주게 될지도.

계절을 계절답게 하는 존재의 이름을 익히는 것. 그건 삶에서 느낄 수 있는 변하지 않는 아름다움을 익히는 일인 것 같다고, 길가에 핀 이름 모를 보라색 들꽃을 지나치며 생각한다.

알아야 할 이름이 여전히 이렇게나 많다.

※ 마쓰이에 마사시 『여름은 오래 그곳에 남아』, 김춘미 옮김, 비채 2016.

우리의
비하인드

올해 초, 초등학교 교사인 친구가 1년 동안 학교 정구부를 맡게 되었다고 말했다.

"정구? 정구가 뭐야?"

"쉽게 말하면 소프트테니스. 테니스보다 라켓도 가볍고 공도 말랑해."

"네가 정구를 가르치는 거야?"

"아니지. 코치님은 따로 계시고, 나는 정구부 관리와 지원 역할."

정구. 어떤 아이들은 정구를 배우며 자라는구나. 친구가 맡은 정구부 인원은 2학년부터 6학년까지 총 24명. 그중에는 선수를 꿈꾸는 아이도 있고, 취미로 경험하는 아이도 있다. 하교 후에도 주말에도 매일 훈련이 있어 친구는 그 어느 때보다 핑, 퐁 소리를 자주 듣는다. 야외 운동이라 요즘 같은 날씨에는 힘들 법도 한데 쉬고 싶다고 말하는 아이들이 없어 신기하다고도. 한번은 자신도 정구를 해볼까 싶어 아이들에게 알려달라고 했더니 한 아이가 웃으면서 말했다.

"선생님은 아무리 연습해도 저를 못 이길걸요?"

얼마 후 친구는 '그래도 내가 어른인데……'라는 생각으로 연습 경기를 했다가 깨달았다. 앞으로 나는 이 아이들에게 계속 지겠구나. 그런데 그게 오히려 기분이 좋았다고 했다.

봄부터 여름까지는 중요한 전국 대회가 열리는 시즌

이다. 경기 장소가 대부분 타지에 있어 친구는 아이들을 데리고 며칠씩 출장을 떠났다. 대회에 다녀온 후에는 차 곳곳에 아이들이 먹은 간식 포장지가 떨어져 있었다. 하나씩 발견할 때마다 친구는 '아. 걔가 먹은 거구나' 하고 그 애에 대한 이야기를 들려주곤 했다.

가장 중요한 대회는 5월에 열린 전국소년체전이었다. 대부분 경기는 울산에서 열리지만, 정구 경기장은 울산보다 더 먼 경북 문경에 있었다. 언제 돌아오냐는 질문에 친구는 일요일 경기 결과에 따라 달라진다고 했다. 일요일 경기에서 이기면 월요일에 돌아가고, 지면 그날 바로 돌아가야 한다고. 친구 목소리 너머로 라켓에 공이 부딪히는 소리와 아이들 함성이 들렸다. 자신이 경기에 나가는 것도 아닌데 목소리에서 긴장감이 묻어났다. 친구는 일요일 저녁에 집으로 돌아왔다. 전국소년체전에서 정구부가 거둔 최종 성적은 8강 진출. 친구는 아이들과 찍은 단체 사진을 보여주며 아쉬워했다. 우리 애들 정말 열심히 했는데, 이겼다면 더 좋았을 텐데…….

물론 이겼다면, 그래서 우승까지 했다면 더 좋았을 것

이다. 그 순간이 하이라이트 장면에는 더 어울리니까. 교문 앞에 현수막도 걸렸을 테고, 아이들뿐 아니라 가장 애썼을 코치님과 담당 교사인 친구에게 뿌듯한 일이 되었을 것이다. 하지만 우승한 후에도 하지 못한 후에도 아이들은 매일 연습을 한다. 바람이 부는 날에도, 정수리가 뜨거운 날에도. 정구부의 날들은 대회에서 보내는 며칠보다 학교 운동장에서 보내는 시간이 훨씬 더 길다.

6월 중순. 친구는 간담회를 준비했다. 교장 선생님과 교감 선생님, 학부모가 모인 자리에서 정구부 상반기 현황을 보고하는 자리였다. 보고서에는 크게 정량적 평가와 정성적 평가가 있다. 정량적 평가는 수치화할 수 있는 내용을 적는다. 몇 명의 학생이 소속됐고, 대회에 몇 번 출전했는지, 그 대회에서 어떤 성적을 거두었는지 같은 것들. 정성적 평가는 숫자로 적기 어려운 내용들을 적는다. 신체 능력 향상, 협동심 향상, 진로 탐색 기회 제공과 같은 객관적으로 평가하긴 어렵지만 아마도 그럴 거라 믿게 되는 것들. 친구는 한 장짜리 보고서를 작성하면서,

보기 좋게 서체 크기와 줄 간격을 조정하면서 생각했다. 아이들이 보낸 봄과 여름을 이렇게 간결하게 정리해도 될까. '이런 걸 보고서에 적어도 될까?'라고 생각되는 일들이 왜 더 중요하게 느껴질까.

　"전국소년체전이 있던 날, 지는 경기여서 그랬을까. 관중석에서 목이 터져라 응원하며 경기를 보는데 그날따라 애들이 파이팅 하는 모습이 마음에 남는 거야. 승진이랑 민서는 점수를 따면 곧장 서로에게 뛰어가서 하이파이브를 하거든. 기쁨을 숨기지 못하고 달려가는 모습이 되게 뭉클해. 진혁이랑 우찬이는 상대 팀에게 점수가 밀릴 때 경기 중간중간 항상 의논을 하는데, 둘은 키 차이가 많이 나서 키 큰 진혁이가 몸을 기울여서 이야기를 들어. 평소엔 자주 티격태격하면서 그 순간에는 서로에게 의지하는 법을 알아. 지고 있는 경기가 아이들에겐 큰 벽처럼 느껴질 텐데 끝까지 포기하지 않고 해내는 것도 멋있어. 정우랑 해준이는 파이팅을 할 때 라켓 끝을 서로 톡 치고, 윤서랑 민영이는 점수를 따고 나면 '나이스 볼!'

을 외치면서 두 손을 맞잡아. 그걸 보면 나도 따라 웃게 돼. 지환이는 주전 선수로 선발이 안 돼서 이번 경기에는 참여를 못 했거든. 말은 안 해도 마음이 되게 복잡했을 거야. 애들이 우승하면 자기 이름만 빠지고 현수막이 걸릴 텐데 그것도 속상할 거고, 그렇다고 지길 바랄 수도 없잖아. 그래서 내내 신경이 쓰였는데 경기가 진행되는 동안 지환이가 나보다 더 크게, 목이 터져라 응원을 하더라고. 집에 돌아온 후에도 그 모습이 계속 생각나더라. 한 세트라도 이기면 세상을 다 가진 듯 기뻐하고, 경기에서 지면 바닥에 드러누워서 서럽게 울고, 그러다 맛있는 거 먹으러 가자고 하면 금세 다시 웃고. 숙소에서 나란히 누워 장난치고, 싸우고, 또 화해하고. 학교로 돌아와서는 매일 연습하고. 그 속에서 어떤 아이는 좋아하는 아이가 생겨서 틈만 나면 그 아이를 몰래 살펴봐. 아이들 성장은 천천히 일어나는 일이라서 교사로 일하면서도 그 과정을 알아채는 게 쉽지는 않은데, 정구부 아이들을 보면서 이런 게 성장이라는 걸 느껴. 지금 내가 아주 중요한 걸 지켜보고 있구나. 성장한다는 건 되게 멋신 일이구나. 요즘엔 그런 생각을 자주 해."

여기까지 이야기를 들려준 친구는 보고서에 적지 못한 내용은 간담회에서 직접 말로 전할 계획이라고 했다. 수줍음 많고 말수 적은 친구에게 큰 용기가 필요한 일이다. 그럼에도 기억하고 알려주고 싶은, 사소하고 중요한 순간들. 우리는 그걸 '우리의 비하인드'라고 부르기로 했다.

5월부터 마산도서관에서 글쓰기 수업을 진행했다. '사랑하는 질문들'이라는 이름으로 작년에 이어 올해도 열게 된 수업이다. 작년 가을엔 20대부터 50대 여성 여덟 분과 함께했고 올해는 50대 이상으로 나이를 제한했다. 나보다 더 오래 산 사람들의 이야기가 궁금하다는, 순전히 내 호기심 때문이었다.

첫 수업 날, 교실로 하나둘 모이는 낯선 얼굴들을 보았다. 50대부터 70대까지 여성 여덟 분과 남성 두 분이 빈자리를 채웠다. 글쓰기를 처음 경험한 분들이 많아 여러 모로 고민이 많았는데, 이 글을 쓰는 지금 무사히 5주 과정을 마치고 마지막 6주 차 수업만을 남겨두고 있다. 다행히 도중에 수업을 포기하거나 과제를 미제출한 인원도 없어 지금까지 총 40편의 글이 모였다. 모든 수업이 끝나고 보고서를 쓰게 된다면 수강 인원과 출석률, 결과물 수, 만족도 조사 점수 등을 정량적 평가란에 적을 것이다. 정성적 평가란에는 시민들에게 글쓰기 경험을 제공했다거나, 글쓰기 실력이 향상했다 같은 내용을 적겠지. 하지만 정구부 아이들을 지켜본 친구처럼 내게도 보고서에는 적을 수 없는 '우리의 비하인드' 장면들이 남아있다.

　수업 첫날. 마음을 졸이게 하는 순간이 있었다. 수업 내용과 방법에 대해 안내한 후 수강생들이 차례로 자기소개를 하는 순서였다. 다섯 번째 순서는 70대 구 선생님으로, 수업 시작부터 줄곧 얼굴에 웃음기가 없어 신경이 쓰이던 분이었다. 구 선생님은 남들 앞에서 이렇게 말하는 경험도 상당히 부담되는 일이라며 입을 뗐다. 본인이 기대했던 글쓰기 수업과 다르고, 매주 과제를 해야 한다는 생각에 벌써 스트레스를 받는다고 했다. 수업을 계속 듣는 게 맞을지 고민된다며. 스트레스라는 단어에 심장이 쿵 내려앉았다. 최대한 친절하게 수업 취지를 설명하고, 만약 어렵게 느껴진다면 수강을 취소해도 괜찮다고 안내했다. 그래도 갸우뚱하는 모습에 구 선생님은 다음 주부터 오지 않겠구나 생각했다. 웃으며 수업을 마무리했지만 집으로 돌아가는 버스 안에서도 덜컹 신경이 쓰였다. 하지만 매번 모든 일이 매끄러울 수는 없다고, 오지 않아도 어쩔 수 없는 일이라고 스스로를 다독였다.

며칠 후 첫 과제 마감이 있던 날. 예상과 다르게 구 선생님에게서 메일이 도착했다. 첨부된 한글 문서를 열자 한눈에 봐도 과제에 들인 정성이 느껴졌다. 본문에는 '오랜만에 글을 적어보게 되었군요. 고맙습니다'라는 메시지로 나를 놀라게 했다. 이런 메일을 받을 줄이야. 그리고 구 선생님은 두 번째 수업에도 참석했다. 솔직히 안 올 줄 알았다는 동료 수강생 농담에는 지금도 고민하고 있다며 멋쩍게 웃었다. 그 웃음을 보고 알았다. 구 선생

님은 표현이 서투른 분이구나. 누구보다 글쓰기를 잘해
보고 싶은 분이구나.

　매주 구 선생님의 작은 변화를 알아채는 일은 글쓰기
수업이 주는 즐거움 중 하나였다. 한 주 한 주 수업이 진
행될수록 웃는 얼굴을 자주 볼 수 있었던 것. 이번 과제
는 어땠냐는 질문에, 괴로웠지만 글을 써보니 그래도 좋
았다고 말씀한 것. 동료들이 건넨 칭찬에 수줍어하고, 어
느 날에는 제일 먼저 동료의 글을 칭찬하던 것. 함께 나
눠 마시자며 캔 커피 한 묶음을 사 왔던 것. 글쓰기에 대
해 조언하면 돋보기안경을 끼고 노트에 열심히 적던 것.
본인의 글을 퇴고한 종이를 보여주며 "선생님. 이건 버려
야 합니까? 간직해야 합니까?" 하고 궁금해하던 것. 이번
수업이 끝나면 다음 수업도 계속 들을 수 있느냐고 조심
스레 물어보던 것. 이런 것들이 어떻게 중요하지 않다고
할 수 있을까.

　다른 기억도 있다. 며칠 전 5주 차 수업을 마치고 버스
를 타러 걸어가는 길이었다. 이어폰을 꽂고 걷느라 누군

가 나를 부르는 목소리를 듣지 못했다. 등 뒤에서 "선생님!" 하는 소리가 들려 돌아보았을 땐, 수강생 한 분이 나를 따라 뛰어왔는지 숨을 몰아쉬고 있었다. 60대 노 선생님이었다. 매주 이번 과제는 어땠는지 물어보면 "너무너무 어려웠어요. 글은 어떻게 쓰는 거예요?"라고 말씀하는 분이었다.

"선생님 걸음이 왜 이렇게 빨라요? 계속 불러도 못 듣고."

"죄송해요. 제가 노래를 크게 들어서…… 그런데 무슨 일일까요?"

"아니. 선생님 운동화 끈이 풀렸길래요. 그러다 넘어져요."

그제야 신발을 내려다보았다. 정말로 오른쪽 운동화 끈이 풀려 있었다. 이걸 알려주려고, 숨이 차게 뛰어오다니. 마침 노 선생님도 버스정류장 방향으로 간다기에 10분 거리를 함께 걸었다. 마지막 주 과제가 한 사람에게 편지를 쓰는 것이라서 누구에게 편지를 쓰면 좋을지 이야기를 나눴다. 처음엔 스스로에게 쓰겠다던 노 선생님이 생각을 바꿔 딸에게 써보겠다고 결심할 무렵, 우리는 정류장에 도착했다. 헤어지기 전 노 선생님의 목소리가 들렸다.

"선생님. 근데 이 수업 듣길 잘한 거 같아요."
"정말요?"
"그럼 진짜죠. 선생님 수업이 좋아요. 나는 빈말은 안 해요."

노 선생님과 인사를 나누고 정류장에 앉아서 버스를 기다렸다. 이 수업을 듣길 잘했다는 말에 가슴이 작게 두근거렸다. 날은 더운데 마음에는 손차양만 한 고마운 그늘이 졌다. 오래지 않아 급행 버스가 도착해 빈자리를 찾아 앉았다. 메고 있던 백팩을 무릎에 올려두자 에어컨 바람에 등이 시원해졌다. 목이 말라 가방에 넣어둔 캔 커피를 꺼냈다. 한입 마시면 깜짝 놀랄 만큼 단 레쓰비. 수강생 한 분이 수강료 대신이라며 챙겨준 것이었다.

감사하게도 수업이 진행되는 매주 캔 커피를 받지 않은 날이 없었다. 두 종류의 커피를 받던 날도, 운전하지 않는 분이 배낭에 음료를 잔뜩 넣어 와 모두에게 나눠주던 날도 있었다. 도서관에 오려면 가파른 오르막길을 걸어야 한다는 걸 알기에 더욱 감사했다. 손에 쥔 캔 커피를 바로 마시지 않고 괜스레 만지작거렸다. 한 주만 지나면 글쓰기 수업은 이제 끝이다. 그사이 5월과 6월도 절반이 지나고 조금만 있으면 한여름이다. 어쩌면, 앞으로는 못 볼지도 모르는 정든 얼굴들이 떠올랐다. 여기에도 다 적지 못한 '우리의 비하인드'가 잊지 못할 하이라이트처럼 느껴졌다.

우리를 기다리는
다음으로

  '정'과 처음 인사를 나눈 건 2018년 겨울, 망원동에서 열린 『나의 두 사람』 북토크에서였다. '정'은 책을 읽고서 나를 알았겠지만, 나는 그보다 먼저 '정'의 존재를 알고 있었다. 그가 운영하는 서점 SNS 계정을 팔로우하고 있었고, 그가 업로드한 서점 사진 중 하나는 한동안 내 휴대전화 배경화면이었다. 창가에 가지런히 쌓인 책 탑이 아름다운 질서처럼 느껴지던 사진. 어떤 이는 자신에게 가장 잘 어울리는 장소를 제 삶의 배경으로 둔다. 내게는 '정'이 그런 사람으로 느껴졌고, 이런 공간에서 일하는 사람은 어떤 사람일지 궁금했다. 그래서 북토크 관객으로 온 '정'을 발견했을 때 놀라움과 함께 그 사진이 떠올랐다.

SNS로 종종 소식을 주고받던 '정'과 친구로 지내게 된건 다음 해, 그에게 두 번째 책 추천사를 부탁하면서다. 책이라는 공통 관심사도 있었지만, 같은 아이돌 멤버를 좋아한다는 점도 우리를 훌쩍 가깝게 만들어주었다. 내가 사는 창원과 '정'이 사는 서울은 KTX로 3시간이 걸리는 거리였으므로 1년에 한두 번은 창원에서, 서너 번은 서울에서 만나곤 했다. 그러다 한 번씩 다른 도시로 여행을 갔고, 그보다 자주 전화 통화를 했다. 통화 내용은 친구들이 나누는 대화가 그러하듯 시시콜콜한 이야기가 대부분이었다. 시간을 합하면 지난 몇 년 동안 애인보다 '정'과 더 긴 통화를 했을 것이다.

작년 여름에 했던 통화도 수많은 통화 중 하나였다. 병원에서 건강검진을 받는다기에 별일 없을 거라고, 잘 받고 오라고 대답했었다. 우리 나이에 건강검진은 흔한 일이라고 생각했으므로. 얼마 뒤 이상 소견이 있어 추가 검사를 받게 되었다는 말을 들었을 때도 걱정하지 말라고 나쁜 결과는 없을 거라고 다독였다. 혹시나 하는 마음이 들면서도 나쁜 쪽으로는 상상력을 발휘하고 싶지 않았다. 그래서 조직 검사를 받고 최종적으로 암 진단을 받았다는 이야기를 들었을 때 '그럴 리가 없는데……'라는 생각만 머릿속에서 되풀이했다. 한동안 '정'과 통화를 할 때면 "어……" 하고 입을 떼고선 아무 말 못 하고 마른 침만 삼키는 기분이 들곤 했다. 그 점이 자주 미안했다.

  '정'이 아무 의심 없이 보내던 일상은 암 진단과 함께 갑작스레 등 뒤로 밀려났다. 대신 한번도 예상한 적 없던 수술과 항암, 방사선 치료가 삶에서 우선순위가 됐다. 마음을 추스를 새도 없이 '정'은 자신에게 다가오는 모든 낯선 일들을 그저 겪었다. 기대했던 결과보다 나쁜 결과가 자꾸만 기다리고 있을 때마다 "괜찮을 거야"라는 말이 무력해졌다. 그 바람이 진심이라고 해도, 모든 불확실함을 온전히 감당하고 있을 '정'에게는 무책임한 바람처럼 들릴 것 같아서였다.

'정'은 SNS에 '회복일기'라는 이름으로 꾸준히 투병 과
정을 기록했다. 어떤 검사와 치료를 받는지. 어떤 낯선
통증을 겪고, 어떻게 이겨내는 중인지. 성격상 맞춤법 하
나까지 신경 쓰며 기록했을 일기에는 내가 알 수 없는
말투성이였다. 가장 혼란스러운 건 본인일 텐데 그 와중
에도 어찌나 꼼꼼하게 적혀 있는지. 뭘 이렇게까지 똑똑
하고 야무진가 싶었다. 아마도 그에겐 이 또한 견디는 과
정이었을 것이다. 그리고 '정'의 기록이 언제나 희망으로
끝난다는 게 매번 놀라웠다. '회복일기'에는 그래도 다행
이라는 말이, 덕분에 씩씩하게 이겨낼 거라는 말이 자주
등장했다. 여러 방법으로 자신에게 힘을 주는 사람들에
게 고마운 마음을 잊지 않고 남겼다. 업로드 되는 기록을
읽을 때마다 '정'은 원래 그런 사람이었다는 걸 다시금
떠올리곤 했다. 결국엔 사랑하는 마음으로 자신을 구하
는 사람. 사람은 변하지 않는다는 사실이 얼마나 다행인
가, 라는 생각도. 물론 거기엔 다 적을 수 없는 마음이,
혼자 우는 날들이 더 많았을 테다. 갑자기 전화를 걸어와
사실은 많이 무섭다고 소리 내 엉엉 울었던 어느 날처럼.

그럼에도 '정'은 오래지 않아 다시 힘을 내서 살아갈 이유를 찾아내 사람들에게 보여주었다. '정'은 사람들 덕분에 이겨낸다는 말을 자주 하지만, 사람들은 그런 '정'에게 깊이 고마웠을 것이다.

세 번의 계절이 지나는 동안 '정'은 선 항암 치료를 포함해 아홉 번의 항암 치료를 받았다. 항암 치료를 시작한 지 얼마 지나지 않아 '정'의 머리카락과 눈썹이 빠졌다. 자고 일어나면 베개에 머리카락이 한 움큼 떨어져 있었다. 결국 삭발을 했던 날 '정'은 자신의 모습을 담은 동영상 하나를 보냈다. 자신의 모습이 아무래도 낯선지 영상 속에서 그는 머리카락이 없는 머리를 연신 만졌다. 그 모습을 보니 사진 하나가 떠올랐다. 2020년 겨울, 바람이 몹시 심하게 불던 날 부산에 갔을 때였다. 바닷바람 무서운 줄 모르고 방파제 근처를 걷다가 '정'의 짧은 파마머리가 부풀어 오르듯 붕 떴다. 바람이 멈추지 않아 머리를 다시 매만져도 소용이 없었다. 자포자기하는 마음으로 바람을 맞으며 걷는데 '정'이 멈춰서 자신의 그림자를 가리키며 와하하 웃었다.

"내 머리 좀 봐요. 머리에 폭탄 맞은 박사 같아."

  도로에 그려진 '정'의 그림자는 머리에 브로콜리를 얹은 것처럼 보였다. 그 모습이 웃겨서 킥킥대며 찍은 사진이었다. 사진에서 '정'의 장난기 섞인 웃음소리가 들리는 듯했다. 어떤 시간은 물끄러미 바라보는 한 장의 사진으로 기억된다. 그리고 생각했다. 언제나처럼 짧은 파마를 한 '정'과 나란히 길을 걷게 될 때, 다시 한번 같은 이유로 놀리고 싶다고.

  5월 중순, 예정된 항암 치료가 끝나고 결과를 확인하는 검사를 받기로 한 날. 점심이면 서울에 도착하는 기차를 탔다. 한번은 꼭 병원에 같이 가주고 싶어서였다. '정'은 두고두고 생색낼 수 있는 마지막 기회를 잡았다고 말했고, 나는 생색낼 기회를 줘서 고맙다고 대답했다. 하지만 기한을 두고 시작될 거라 예상했던 방사선 치료가 급히 당겨지면서 당일은 재활 치료를 받는 일정으로 변경됐다. 항암 부작용으로 심해진 손발 저림을 완화시키는

운동 치료라고 했다. 그것도 좋으니 같이 가겠다고 따라
나섰다. 그렇게 처음 가본 세브란스 병원은 정말 컸다.
이토록 아픈 사람들이 많다는 게 이상할 만큼 컸다. 재활
병원으로 걸어가는 동안 '정'은 건물들을 가리키며 말
했다.

"저기가 나 항암 치료 받던 암 병원이고 여기는 어린
이 병원. 재활 병원 갈 때는 이 길을 지나서 가요."

'정'을 따라 걸으며 주변을 둘러보았다. 곳곳에 커다란
나무가 많다는 게 왜인지 안심이 됐다. 그 말을 전하니
이제는 자신도 나무들이 보인다고 했다. 이전에는 뭐가
있는지 볼 새도 없었다고.

재활 병원에 들어서자 아픈 몸들이 많았다. 휠체어에
앉은 작은 아이부터 복도에서 천천히 걷는 연습을 하는
노인까지. 그들을 지나 '정'이 근력 운동을 하는 운동재
활치료실로 갔다. 여러 운동 기구가 많아 음악이 흐르지
않는 헬스장 같기도 했다. '정'은 익숙한 듯 치료사와 대

화를 나눈 다음 운동 기구에 올라탔다. 30분 정도 걸린다고 해서 치료실과 조금 떨어진 곳에 빈자리를 찾아 앉았다. 책을 읽으면서 기다릴까 했지만, 꺼내려던 책을 가방에 다시 집어넣었다. 여기에서 책을 읽을 수 있는 사람은 나뿐인 것 같아서였다.

휴대전화를 보는 것도 마음에 걸리고, 사람들을 보지 않으려고 해도 시선이 닿는 곳마다 사람들이 있었다. 한 할머니는 뒤에서 자신을 안고 있는 재활 치료사에게 온몸을 기댄 채 걷는 연습을 하고 있었다. 한 걸음 내디딜 때마다 심한 통증이 찾아오는지 고통스러운 비명이 들렸다. 여기에선 이런 소리를 듣는 일이 일상이겠지. 병원으로 오는 길에 '정'이 했던 말도 생각났다. 재활 치료를 받으러 처음 왔던 날, 한 할머니가 여기는 걸어서 들어오면 아픈 것도 아니라고 했다던 말. 그래서 '정'은 여기에 올 때는 모자를 벗게 된다고 했다. 겉으로 보면 외상이 없는 자신이 너무 건강해 보일까 봐, 그 모습이 누군가에게는 상처가 될까 봐. 깎은 머리와 빠진 눈썹을 보여주는 일이 '나는 암 환자입니다. 당신과 함께 아픈 사람이에요'를 알려주는 표식이라고.

그날 치료가 끝나고 광화문으로 가는 버스 안에서 '정'과 병원에서 본 것들을 이야기했다. 아픈 사람들과 그 사람들의 옆과 뒤에 서 있던 사람들에 대해. 간절하면서도 지루하고, 분주하면서도 활기 없는 병원 풍경에 대해. 이제는 재활 치료를 받는다는 말을 들으면 오늘 본 장면을 떠올릴 것 같다는 이야기도. 그러자 '정'이 말했다. 자신은 친구들이 사는 동네에 직접 가보는 게 좋았다고. 그 친구가 사는 집 근처, 자주 일하는 공간, 좋아하는 장소를 보고 나면 그 친구가 지금쯤 어디에 있는지 구체적으로 떠올려볼 수 있으니까. 그러면 만나지 않더라도 같이 있는 것처럼 느껴졌다고.

"치료가 길어지면서 그런 생각이 자주 드는 거예요. 친구들이 내가 있는 곳을 떠올릴 수 있다면 좋겠다……. 그러면 나도 덜 외로울 것 같아서."

창원으로 돌아오고 나서 그 말이 자주 생각났다. 친구

들이 내가 있는 곳을 떠올릴 수 있으면 좋겠다는 말을. 그러면 혼자여도 덜 외로울 것 같다는 말을. 그러다 하루는 지난 몇 년 동안 '정'이 데려갔던 서울의 여러 장소가 떠올랐다. 여름이면 능소화가 피던 '정'의 아름다운 서점. 걷는 행복을 알려주었던 5월의 종묘. 종로에 있는 창밖 풍경이 근사한 숙소. 가슴 두근거리게 했던 사진가의 전시. 영화를 보고 숙소로 돌아가던 밤의 광화문 거리. 가까이 살았다면 매일 가고 싶었을 연희동의 어느 카페. 일본 가정식이 맛있었던 서촌의 식당. 줄 서서 먹었던 서울역 근처 라멘집. 그리고 더 많은, 감탄사로 기억되는 곳들. 내가 아는 서울의 근사함은 그동안 '정'이 보여준 것들이구나. 이렇게나 많은 장소를 다녔다니, 많은 기억이 쌓였다니. 새삼 그런 생각에 마음이 미어졌다. 그리고 그러한 근사한 장소를 배경으로 걷고 먹고 웃는 '정'의 모습이 떠올랐다. 어떤 날들이 우리에게 펼쳐질지 알 수 없었던 보통의 날들. 그런 보통의 날들로, 병원이 아닌 다른 곳으로 '정'과 또다시 가고 싶었다. 새로운 기억을 기억하고 싶었다.

그래서 더 반가웠을 것이다. 예정된 방사선 치료가 모두 끝나면 기념으로 여행을 떠나자는 '정'의 말이.

　"이번엔 순천으로 가보는 거 어때요?"
　"좋아요. 담양도 멀지 않으니까 죽녹원도 가고, 떡갈비도 먹고."

　순천도 좋고, 담양도 좋다. '정'이 다시 가고 싶어 한 부산이어도 좋겠지. 어디든 떠나게 된다면 이번에는 사진을 많이 찍을 것이다. 이상할 정도로 바람이 많이 불어도 좋고, 덕분에 웃긴 그림자를 보게 된다면 더 반가운 마음일 거다. 시간이 흘러 둘 중 하나가 "거기 기억나죠?"라고 물을 때 "당연히 기억하지"라며 떠올릴 수 있는 다음 장소. 그다음 기억이 우리를 기다리고 있다.

잘
살아가세요

  2020년부터 2022년까지 3년 동안 한 도시에서 발행하는 잡지의 에디터로 일했다. '사람 중심'이라는 시정 방향에 맞게 우리 곁에 살아가는 다양한 시민의 삶을 조명하는 잡지였다. 한 달 평균 서너 편의 시민 인터뷰 기사를 썼으니 3년 동안 100여 편의 기사를 쓰고, 100여 명의 사람들을 만난 셈이다. 매달 지켜야 할 마감이 있다는 건 부담되는 일이었지만, 지난 몇 년간 해온 어떤 일보다 이 일을 좋아했다. 그래서 2022년 12월호를 마지막으로 폐간이 결정되었을 때 아쉬운 마음이 컸다.

마지막 호는 그동안 인터뷰했던 이들 중 10명을 다시 만나 근황을 묻는 기사를 싣기로 했다. 지금까지 써온 기사를 살펴보며 내가 만난 사람들을 하나씩 떠올렸다. 이산가족 부부, 환경미화원, 청년 농부, 댄서, 신인 배우, 이발사, 여자 야구단, 해녀, 글 쓰는 할머니, 마을신문 기자단, 환경운동가, 식당 주인, 간호사, 사회복지사, 동네 통장, 인쇄소 직원, 치어리더, 시니어 바리스타, 과일가게 사장님, 라디오 DJ 등…….

인터뷰가 시작되면 짧게는 1시간, 길게는 2시간 넘게 이야기를 나눈다. 그 시간 동안 나는 눈앞의 사람을 가장 궁금해하는 사람이 된다. 내 이야기는 잠시 잊어버리고, 타인의 이야기가 더 중요해지는 드문 시간을 산다. 많이 웃고, 자주 벅차오른다. 특정 직업인을 인터뷰하는 날에는 그가 일하는 과정을 지켜보고, 인물에 따라 집을 방문해 사진첩과 일기, 사연이 담긴 물건들을 보는 일도 생긴다. 인터뷰라는 일 덕분에 할 수 있는 소중한 경험이다. 그리고 책상으로 돌아와 내가 본 만큼, 내가 이해한 만큼 기사를 쓴다. 한 사람의 이야기를 듣는 일이 한 사람의 세상으로 조심스럽게 초대받는 일이라는 걸 느끼면서. 물론 100여 명의 이야기가 동등한 애정의 크기로 기억되는 것은 아니다. 시간이 지나 어떤 이야기는 대부분 잊히고, 어떤 이야기는 떠나지 않고 나와 함께 계속 살아간다.

코로나 팬데믹으로 전 국민에게 긴급재난지원금이 처음 지급되었을 때 한 할머니를 만났다. 기초생활수급자인 할머니는 동사무소에서 현금으로 재난지원금을 받았다. 지원금을 어디에 가장 먼저 쓰셨냐는 질문에 할머니는 곧장 시장으로 가 장을 보았다고 했다. 싱싱한 채소와 반찬거리도 사고, 쌀집에 들러 평소 사고 싶었던 우렁이 쌀도 한 포대 샀노라고. 그동안은 생활이 빠듯해 됫박으로만 쌀을 사던 할머니였다. 그날 집에서 새 쌀로 지은 밥을 먹어보았더니 브랜드 쌀이라 그런지 어금니로 씹는 맛이 더 좋았다. 다음 날 할머니는 다시 쌀집에 찾아가 우렁이 쌀을 한 포대 더 샀다. 멀리 사는 여동생에게 맛있는 쌀을 보내주고 싶어서였다. 남은 지원금은 몇 년 전 돈을 빌려주었던 고마운 이웃을 찾아가 빚을 갚는 데 썼다. 집으로 돌아가는 길에 할머니는 내내 무거웠던 마음이 날아갈 듯 홀가분해지는 것을 느꼈다. 그 후로 나는 재난지원금이라는 단어를 들을 때마다 모처럼 좋은 쌀을 사서 밥을 짓는 사람을 떠올린다.

진해 바다 앞을 지나갈 때면 열여덟에 처음 물질을 시작해 45년 동안 해녀로 살아온 미숙 님의 이야기가 떠오른다. 미숙 님은 진해에 얼마 남지 않는 해녀로, 그의 소원은 제 숨이 다할 때까지 해녀로 살아가는 일이다. 바닷속에 들어가본 적 없는 나는 미숙 님이 들려준 이야기 덕분에 '깊지는 않지만 미역, 해삼, 멍게, 전복까지 골고루 있어 착한 진해 바다'를 상상할 수 있다. 자신의 숨만큼 살다 오는 바다에서 그가 무엇을 보고 어떤 마음을 느끼는지 어렴풋이 그려본다.

"사람 속보다 바닷속이 더 편안해. 그 안에서는 속상한 일도 다 남의 일처럼 되거든. 바다가 내 친구고 가족이야. 뭐 잡으려고 들어갔다 작은 물고기가 보이면 '아이고 니는 더 커서 사람들한테 잡혀가라' 하고 말 걸고. 내가 잡은 게 어리다 싶으면 '니는 더 있다 오너라' 하면서 제자리에 놔두고 오고. 헤엄치다 올라와 보면 새가 바위에 혼자 앉아 있을 때가 있거든. 그러면 마음이 쓰여서 '니도 혼자가? 나도 혼잔데' 하면서 미역이라도 먹게끔 바위에 올려놓고 그러지."

동네를 걷다 화방을 발견하면 일흔일곱에 복지관에서 처음 그림을 배우기 시작한 옥란 님이 생각난다. 초등학교 3학년 때 미술 선생님이 '옥란이는 그림을 잘 그리는 아이'라고 칭찬했던 순간을 오랫동안 기억해온 그는 일흔이 넘어서야 처음으로 화방에 들어가 자신이 사용할 붓과 물감을 샀다. 그 순간의 기쁨을 이야기하던 옥란 님의 얼굴을 기억한다. 조금 더 일찍 시작했다면 어땠을지 아쉽지 않냐는 물음에 이제라도 시작할 수 있어 얼마나 다행인가요, 라고 답하던 목소리도.

이산가족이라는 말을 들을 때 바로 생각나는 얼굴도 있다. 인터뷰 당시 아흔넷이었던 김 선생님은 70년 전 고향을 떠나던 날을 지금도 또렷하게 기억한다. 선생님의 고향은 평안남도의 항구 도시로 부모님이 고향에서 과수원을 크게 하셨다. 지금도 고향의 가을을 떠올리면 창고에 사과가 산더미처럼 쌓여 있던 풍경이 생각난다고. 1.4 후퇴가 있던 1950년 12월, 수확한 사과를 그냥 두고 떠날 수 없었던 가족들은 장남인 선생님을 먼저 남쪽으로 보냈다. 조부모님과 부모님, 어린 동생 넷을 두고 떠나는 발걸음이 쉽지 않았지만 그때는 모두 길어도 열흘이면 고향으로 돌아갈 수 있다고 믿었다. 그때 선생님의 나이는 스물둘. 그 길이 마지막이 될 줄은 꿈에도 몰랐다. 긴 세월 동안 선생님에게 가족을 만날 수 있는 기회가 있었다. 2000년 1차 남북 이산가족 상봉 대상자로 선정되어 얼마 뒤 북한으로 출발한다는 말에 선생님은 부산 국제시장에서 가족들에게 줄 선물을 잔뜩 샀다. 그 중엔 시계 다섯 개와 볼펜 50자루가 있었다. 왜 볼펜을 사셨냐고 물었더니 북한에는 좋은 볼펜이 없다는 말을 듣고 쓰게 해주고 싶어서라고 했다. 이후 선생님은 어떤 사유로 인해 이산가족 상봉 대상자에서 제외되었고 선물은 전하지 못했다. 이제 북한에 살아 있을 거라 기대하는 가족은 각각 구순, 여든여덟이 되었을 여동생 둘뿐. 그마저 볼 수 있을 거란 희망이 희박해진 선생님은 만약 동생들을 만난다면 이 말을 가장 전하고 싶어 했다.

"긴 세월이었다. 나는 여기에서 내 삶을 열심히 살았다. 너희는 어떻게 살아왔는지 궁금하구나."

그 후로 나에게 이산가족의 아픔은 김 선생님이 그리워하는 고향의 과수원 풍경, 전하지 못한 볼펜 50자루, 그리고 그가 가장 하고 싶은 말의 무게로 느껴진다.

하루는 동료가 물었다. 이 일이 왜 그렇게 좋은 거냐고. 그때는 그저 사람 사는 이야기를 듣는 게 재미있다고 대답했지만, 그게 전부는 아니라는 걸 대답하는 순간에 알았다. 여전히 명확하게 설명할 수 없지만 그럼에도 다시 대답하자면…… 나는 그런 게 좋았다. 사람들의 이야기를 듣는 동안 내가 어떤 삶들과 함께 살아가는지 구체적으로 감각하게 되는 순간이. 내가 모르는 인생이 이토록 많다는 사실을 깨달을 때 찾아오던 놀라움과 부끄러움. 그와 동시에 또렷하게 생겨난 삶에 대한 애정과 의지가.

언젠가 인터뷰를 마치고 마지막 인사를 나누는 자리에서 한 분이 말씀하셨다.

"작가님, 오늘 이야기 들어주셔서 감사했습니다. 앞으로도 잘 살아가세요."

앞으로도 잘 살아가세요. 나는 이 말을 "앞으로도 잘 들으며 살아가세요"라는 말로 바꿔 듣기로 한다. 잘 듣고, 잘 살아가기. 이런 일이라면 계속, 계속 잘해보고 싶다.

자라는
손

    여덟 살이었을 것이다. 동네 친구들을 따라 피아노 학원에 다녔다. 등록한 지 며칠 만에 그만두는 바람에 다녔다고 말하기에는 조금 민망하지만 말이다. 피아노 학원에 대한 기억은 해상도가 낮은 장면 서너 개로 남아 있다. 여름이 가까워지던 어느 오후. 가방을 메고 계단을 올라 문을 열었을 때 발 디딜 틈 없이 현관에 꽉 차 있던 신발들과 각각 다른 피아노 소리가 들리던 여러 개의 방. 그중 창문이 작은 방으로 들어간 나는 말없이 건반만 내려다보고 있었다. 옆에 앉은 선생님이 "집에 가고 싶니?"

라고 묻자 순순히 고개를 끄덕였던 것도 기억한다. 선생님 앞에서 엉성한 피아노 실력을 보여주는 일이 몹시 쑥스러웠다. 이후로 피아노를 배우는 일은 없었다.

그리고 서른다섯. 다시 한번 피아노 앞에 앉고 싶다는 마음은 어느 날 특별한 계기 없이 나타났다. 한번 생겨난 마음은 쉽게 사라지지 않고, 언제 필요할지 몰라 가방에 넣어 다니는 상비약처럼 내 안에 조그맣게 머물렀다. 그러다 좋아하는 영화 OST를 피아노 연주곡으로 듣게 되었을 때, 유튜브에서 누군가가 몰입해서 연주하는 동영상을 보았을 때. 어느 주말 대형마트 악기 코너를 지나가다 특가 세일 중인 피아노의 하얗고 가지런한 건반에 손가락을 얹어보고 싶었다. 하지만 이제 와 피아노를 배우기엔 아무것도 할 줄 모른다는 사실이 마음에 걸렸다. 서른 넘어 학원을 찾으려면 어릴 때 바이엘은 뗐어야 하는 것 아닐까. 처음부터 차근차근 익혀나가야 할 시간이 막막하게 느껴졌다. 하루는 친구에게 말했다.

"악보도 볼 줄 모르는 내가 피아노를 연주할 수 있을까?"

"당연히 처음엔 못 하겠지. 그런데 생각해봐. 지금 시작하지 않으면 몇 년 후에도 너는 아무것도 못 하겠지만, 지금이라도 시작하면 마흔에는 원하는 곡을 연주하는 사람이 되는 거야. 미래의 네가 너를 기다리고 있다고 생각해."

마흔에 피아노를 연주하는 나. 한번도 생각한 적 없는, 아직 되지 않은 나를 꿈꾸는 일은 근사했다. 친구 말에 힘입어 12월 중순 집에서 멀지 않은 피아노 학원에 등록했다. 첫 수업 날에는 비가 내렸다. 학원 앞에 도착하자 피아노 건반이 그려진 무릎 높이의 하얀 입간판이 보였다. 벽돌집 2층에 있는 작은 피아노 학원이었다. 대문을 지나 계단을 오르자 피아노 소리가 우산 위로 떨어지는 빗소리에 섞여 희미하게 들려왔다. 현관에는 어른 신발 몇 켤레가 가지런히 놓여 있었다. 선생님이 안내해준 방에 들어가자 덮개가 열린 고동색 피아노와 깨끗한 건반,

작은 창문이 보였다. 비가 내려서 그런지 오후 5시인데도 창밖이 깜깜했다.

잠시 자리를 비운 선생님을 기다리는 동안 조심스레 건반 위에 손을 올려보았다. 습관처럼 물어뜯은 손톱과 정리하지 않은 거스러미가 눈에 띄었다. 가방에서 핸드크림을 꺼내 구석구석 바른 다음 다시 양손을 올렸다. 쳐봐도 될까? 마음속으로 두둥실 물음표가 떴다. 엄지손가락에 힘을 주어 건반을 눌렀다. 도- 하고 작은 방에 번지는 소리. 이렇게나 크고 맑은 소리라니, 가슴이 두근거렸다. 첫 수업엔 음표 읽는 법을 배운 다음 선생님과 나란히 앉아 도, 레, 미, 파, 솔을 차례로 쳐보았다. 건반을 누를 때마다 작은 떨림이 느껴졌다. 그날 집으로 돌아가는 길에 우산을 쥐지 않은 손가락을 까딱거리며 걸었다. 잠들기 전에는 캘린더에 '피아노 학원에 가는 날'을 매주 반복 일정으로 등록했다. 월요일 오후 5시부터 6시까지. 언제까지 이어질지 모르지만 내게도 피아노의 시간이 생겼다.

학원에 다닌 지 3주 정도 지났을 때, 친구 집에 놀러 갔다가 어린이 피아노 선배님을 만났다. 아홉 살인 친구의 아이는 얼마 전 바이엘 4권을 끝내고 열 살이 되면 체르니를 시작한다고 했다. 이모는 요즘 무얼 배우냐고 해서 교재를 보여주었다. 아이는 표지에 적힌『성인을 위한 쉬운 피아노 교본』제목을 따라 읽더니 웃었고, 그러고서 조금 미안했는지 원래 쉬운 게 재미있는 거라고 해서 나를 웃겼다. 그날 아이에게 아직 악보를 보는 게 익숙지 않아서 선생님 앞에서 자꾸 연주를 틀린다고, 그래서 부끄럽다고 말했다. 내 말을 듣고 거실로 쪼르르 달려간 아이는 이면지와 색연필을 가져와서 오선지를 죽죽 그렸다. 높은음자리표와 음표를 그리더니 계이름을 알려주었다.

"이모. 이건 도, 이건 레, 이건 미예요."

중간중간 계이름 퀴즈를 내서 정답을 맞히면 "이모, 이제 잘하네요!"라며 칭찬했다.

"너는 피아노를 배울 때 어렵지 않았어?"

"처음엔 저도 어려워서 많이 틀렸어요."

"틀리면 부끄럽지 않았어?"

"부끄럽지 않았어요."

"왜?"

"왜냐하면 저는 배우는 중이니까요. 원래 배울 때는요, 어려운 거예요."

아이는 지난주에 내가 배운 악보를 보더니 식탁 위에 양손을 올려 마치 건반이 있는 것처럼 연주를 했다. 아홉 살이면 많이 자랐다고 생각했는데 쭉 편 손가락과 손톱이 여전히 작았다. 아직 자랄 일이 많이 남은 손. 그 후 건반 위의 커다란 내 손을 내려다볼 때면 종종 아이의 작은 손이 떠오르곤 했다.

피아노를 시작한 지 어느새 6개월에 접어들었다. 첫날엔 추워서 닫았던 창문도 이제는 활짝 열어둘 수 있고, 오후 5시에도 바깥이 밝다. 한 번씩 선선한 바람도 불어

온다. 지금까지 선생님에게 가장 많이 들은 말은 "괜찮아요" "처음부터 다시 해볼게요"다. 한 악보에 손가락이 익숙해질 만하면 다음 페이지엔 더 어려운 악보가 있어 매번 선생님 앞에서 실수하고 더듬거린다. 여전히 내가 내는 소리에 놀라기도 하고, 연습한 만큼 잘되지 않아 실망하는 날도 있다.

하지만 그동안 가슴을 두근거리게 했던 작고 분명한 성취들도 기억한다. 사용하는 건반 수가 늘어났고, 손가락의 움직임도 더 많아졌다. 몇몇 연주곡은 악보를 보고 천천히 끝까지 친다. 최근에는 비틀스의 「Let it be」 초보 버전을 배우면서 언젠가는 더 복잡한 악보로 연주하는 모습을 상상했다. 꾸준히 연습한다면 지금보다 더 나은 「Let it be」를 연주할 수 있을 것이다. 언젠가는 이런 것도 해볼 수 있을 거라 기대하고 꿈꿔보는 것. 가능성이라는 건 원래 내게 있던 무언가를 발견하는 게 아니라 내가 무언가를 했기 때문에 생겨나기도 한다는 걸 피아노를 배우며 알게 되었다.

지난주 수업을 마치고 학원을 나서는데 다른 방에서

피아노 소리가 들려왔다. 나와 같은 시간에 수업을 듣는 60대 여성의 연주였다. 짧게 들어도 몇 달 사이에 실력이 많이 늘었다는 게 느껴졌다. 현관 앞에서 그분의 단정한 단화를 보고 계단을 내려가는데 살랑 가벼운 바람이 불었다.

한때 극장을 좋아했던 이유는 어두운 상영관을 빠져나온 후에도 여전히 영화가 끝나지 않은 듯한 기분을 사랑했기 때문이다. 요즘에는 학원을 마치고 집으로 돌아가는 동안 남아 있는 여운을 사랑하고 있다. 오랜만에 느껴보는 자랐다는 기분. 낮은 미, 파, 솔에서 높은 레로 폴짝 손가락이 착지할 때처럼, 어떤 저녁에는 폴짝 뛰고 싶은 기분이 든다.

지나와서
다행이야

달님 씨.

혹시 명서시장에 가본 적 있나요? 네. 맞아요. 근처에
초등학교 하나 있고, 유명한 밀면 가게가 있는 시장이요.
얼마 전 엄마랑 같이 그 시장에 다녀왔거든요. 거길 다시
갈 줄은 몰랐는데 오랜만에 가보니까 참 좋더라고요.

언젠가 말했던가요. 제가 학생일 때 엄마가 노점에서
오래 장사를 하셨다고요. 시장에서도 한자리에서 장사하
려면 자릿세를 내야 하는데 저희는 형편이 안 돼서 엄마

가 리어카에 물건을 싣고 이 시장 저 시장을 돌아다녔어요. 평소에는 유통기한이 긴 칼국수 면이나 당면만 든 납작만두를 떼다가 팔고, 대목에는 제사상에 올릴 바나나도 팔고요.

체구가 왜소한 엄마는 리어카 손잡이를 배에 대고, 팔힘이 아니라 배 힘으로 밀면서 앞으로 나아갔어요. 그러다 시장에 빈자리가 보이면 잠시 멈춰서 음식을 팔다가, 다른 곳으로 이동하고. 빈자리가 보이면 또 리어카를 세우고. 그렇게 시장 한 바퀴를 도는 거예요. 한자리에 오래 있으면 주변 상인들이 불편해할 테니까요.

시장에서 일하는 엄마 모습을 처음으로 본 건 고등학교 2학년 때예요. 설날을 앞두고 엄마가 함안 오일장에 가는 날이었어요. 함안이 도시 규모는 작아도 오일장이 꽤 크게 열렸거든요. 아침 일찍 장에 도착하려면 캄캄한 새벽에 나서야 하는데 그날은 어쩐지 엄마를 따라나서고 싶더라고요. 날도 춥고, 일손도 부족해 보이고…… 엄마는 오지 말라는데 기어코 같이 가겠다고 차에 올라탔어요.

설날을 며칠 앞둔 날이었으니까 이른 아침에 얼마나 추웠겠어요. 시장에 도착하니 바닥이 빙판처럼 얼어서 가만히 서 있는데도 발이 너무 시린 거예요. 그날따라 리어카는 왜 그렇게 무거워 보이던지. 엄마를 도와서 리어카에 상판을 깔고 그날 팔 음식들을 올려놓는 동안 두 귀가 저릿저릿 시렸던 기억이 나요. 장사 준비를 마친 엄마는 시장에 들어서면서 여기서부터는 자신을 따라오지 말라고 했어요. 혼자서 하면 되는 일이라고요. 알겠다고는 했지만 몇 발자국 뒤에서 몰래 엄마를 따라갔어요. 나중엔 엄마도 알았을 거예요. 내가 저만치 뒤에서 따라오고 있다는 걸.

시장에서 본 엄마는 생각보다 씩씩했어요. 북적이는 사람들 사이로 리어카를 끌고 가는 모습이나, 평소에는 조용한 사람이 큰 목소리로 "바나나 사세요, 바나나"를 외치는 모습이나, 손님들에게 어떤 바나나가 좋은지 친절하게 설명하는 모습이나. 엄마에게 저런 면이 있구나, 장사에는 영 소질이 없는 줄 알았는데 우리 엄마 되게 프로 같네, 그런 생각도 들었어요. 걱정이 많았는데 엄마가 이 일에 나름 익숙해진 것 같아 조금은 다행이다 싶었고요.

그러면서도 엄마를 보는 마음이 아픈 건 어쩔 수 없었어요. 몸에 힘을 줘서 리어카를 끌다 보면 어쩔 수 없이 상체가 앞으로 숙여지잖아요. 앉아서 쉴 자리도 없이 하루 종일 리어카를 끄는 엄마를 따라 걷는데 그 뒷모습이 꼭 벌을 받는 사람 같았어요. 하염없이 무거운 것을 이고 지고 끝없이 걸어가야 하는 형벌이요. 엄마 인생이 계속 이러면 어떡하지. 앞으로도 가난이 끝나지 않으면 어떡하지. 막막했어요. 몸 아끼는 일 없이 그렇게 고생하는데도 그 시절에 우리 집은 돈이 너무 없었거든요.

저는요. 고등학생 때를 생각하면 맥도널드 맥플러리가 떠올라요. 토요일에 학교를 마치면 친구들이랑 밥을 먹고 아이스크림을 먹으러 맥도널드에 가는 게 정해진 코스 같은 거였거든요. 소프트콘이 300원, 맥플러리가 1,500원이었는데 저에게 1,500원은 부담스러운 돈이었어요. 아이스크림이 뭐예요, 버스비도 없어서 학교에 못 갈 뻔한걸요. 친구들은 아무렇지 않게 사 먹는 맥플러리를 싫어하는 척하면서 소프트콘을 사 먹었어요. 혼자서 안 먹을 수는 없으니까 '나는 아무것도 안 든 아이스크림이 더 좋아' 같은 이야기를 하면서 참았죠. 제가 할 수 있는 선택이란 대부분 그런 식으로 마음을 참는 일이었어요. 하고 싶은 마음. 사고 싶은 마음. 먹고 싶은 마음. 그래서 그때는 가난이 무섭게 느껴졌던 것 같아요. 계속 이렇게 살아가게 될까 봐.

그래도 달님 씨. 삶이라는 게 참 이상하죠. 그날 엄마를 따라 함안시장에 갔던 날에도 좋은 기억이 남는 걸 보면요. 아직 있는지 모르겠는데 시장에 오래된 국숫집이 하나 있었거든요. 발이 꽁꽁 어는 추운 날에 엄마랑 그 집에 들어가서 국수를 사 먹는데 너무 따뜻하고 맛있는 거예요. 서로 맛있다, 맛있다 하면서 한 그릇을 다 먹었어요. 후루룩. 후루룩. 배가 따뜻해지니까 몸도 조금씩 풀리는 것 같았고요. 괜스레 희망 같은 게 생기기도 하는, 그런 따뜻함 있잖아요. 그날 집으로 돌아와 시장에서 보았던 엄마 뒷모습을 곱씹으며 생각했어요. 엄마는 삶이 너무 무겁고 고달프겠다. 그래도 엄마를 불쌍하게 생각해서는 안 된다. 엄마는 누구보다 최선을 다하는 사람이다. 그걸 잊지 말자.

명서시장은 그 후로 엄마가 가장 오래 장사를 했던 시장이에요. 학교를 마치면 시장으로 가서 장사를 마친 엄마와 같이 집으로 돌아가는 일이 많았어요. 익숙해지니까 나중엔 슬프기보다는 당연하게 느껴졌던 것 같아요. 엄마는 시장에 있는 사람. 시장에서 일을 하는 사람이라고. 엄마는 몇 년을 더 같은 일을 하다가 형편이 조금 나아진 후엔 이것저것 다른 일을 했어요. 최근까지도요.

이제는 엄마가 시장을 떠난 지 10여 년이 지났고, 고등학생이던 저는 어느새 서른 중반이 되었어요. 그사이 결혼도 했고요.

그런데 명서시장을 지나갈 때면 여전히 눈물이 나요. 엄마가 고생한 기억이 떠올라서 그런 건지. 눈물 날 걸 아니까 일부러 명서시장에 갈 생각도 안 했어요. 지금 사는 동네와 멀기도 하고, 거기가 아니어도 시장은 많으니까요. 그랬는데 있죠. 얼마 전 문득 그 시장에 가고 싶다는 생각이 드는 거예요. 지나가기만 해도 눈물이 나는 그 시장에 엄마랑 같이 가면 어떨까.

그런데 엄마는 싫을 수도 있잖아요. 옛날 기억이 지긋지긋할지도 모르고요. 시장에 가보자는 말을 하고 나서도 괜한 말을 꺼낸 건 아닐까 걱정했는데 엄마는 흔쾌히 그러자고 했어요. 자신도 한번쯤은 가고 싶었다면서. 시장에 가던 날엔 일부러 10만 원을 현금으로 뽑아 갔어요. 엄마가 사고 싶다는 건 주저하지 않고 다 사주고 싶었거든요. 저에게 엄마는 항상 머뭇거리는 사람. 이걸 살까, 저걸 살까 늘 고민하는 사람이었기 때문에. 그래서 엄마한테 "엄마. 오늘은 사고 싶은 거 참지 말고 다 사. 오늘은 그래도 돼"라고 말했죠.

시장을 돌아다니면서 이것저것 참 많이도 샀어요. 만두도 사고, 옥수수도 사고, 우뭇가사리, 식혜, 상추, 토마토도 사고요. 엄마가 장사할 때부터 있었던 정육점에 들러 곰탕도 샀어요.

왜, 우리가 어릴 때 다니던 초등학교를 찾아가면 그런 말을 하잖아요. 운동장이 원래 이렇게 조그맸나. 철봉이 이만큼 낮았나. 신기한 목소리로 추억을 이야기하듯이. 엄마도 그랬어요. 어머. 저 아지매가 여전히 여기에 있네. 저 아저씨는 못 본 사이 나이가 많이 들었네. 동창을 만난 듯 오랜 안부도 묻고요. 여기저기 구경하면서 리어카 대신 돌돌이 장바구니를 끌고 가는 엄마 모습이 신나 보였어요. 엄마도 지금 엄마 모습을 볼 수 있으면 좋겠네, 그런 생각이 들 만큼요. 그렇게 시장 한 바퀴를 다 돌고 나와 통통해진 장바구니를 끌고 차로 가는데 엄마가 말했어요.

"딸아. 여기 와보니까 너무 재미있고 좋네. 고생할 때는 몰랐는데 구경해보니까 참 좋은 시장이야. 다음에 또 오고 싶어."

그날 집으로 돌아와 주방에서 혼자 장 본 것들을 정리

했어요. 동생에게 줄 건 따로 담고, 나머지는 보관하기 좋게 소분해서 냉장고에 넣어두고요.

토마토를 씻어두려고 봉지에서 꺼냈는데 어쩜 토마토 색깔이 하나같이 너무 예쁜 거예요. 시장에서 살 때는 잘 몰랐는데 이렇게 싱싱하다니. 기분이 좋아서 아끼는 채반을 일부러 꺼내 다 씻은 토마토를 올려두었어요. 예쁘게 담긴 토마토를 보면서 '역시 엄마가 좋은 과일을 잘 골랐네, 엄마도 맛있는 토마토를 먹겠네' 하는데…… 참 이상한 일이죠. 갑자기 눈물이 핑 도는 거예요. 잘 익은 토마토를 보는데 왜 눈물이 나는 건지.

처음엔 잘 몰랐는데 조금 있으니 이유를 알 것 같았어요. 그건 아마도 지나왔다는 감각 때문 아니었을까요.

그날 시장을 걸을 때 기분 좋게 다가오던 사람들의 활기에서, 돌돌이 장바구니를 끌던 엄마의 가벼운 발걸음에서, 뽀득하게 씻은 예쁜 토마토에서 느껴지던, 지금이 나의 삶이라는 실감.

그리고 어디에 고마운지 모르겠는데 고마운 마음도 들었어요. 시간이 흘러서, 돌아볼 수 있게 되어서, 지금의 내가 되어서 다행이라고.

　이제는 그 시장을 지나가도 울지 않을 것 같아요. 눈물 말고 다른 기억도 생겼으니까. 이제는 나도, 엄마도 정말로 지나왔다는 걸 알게 됐으니까요.

　이렇게 긴 이야기가 될 줄은 몰랐는데 여기까지 와버렸네요. 그냥 누군가에게 한번쯤 이 이야기를 하고 싶었던 것 같아요. 어떤가요. 달님 씨도 이런 기분을 느껴본 적 있지 않나요?

백만분의
일의 확률

첫 기차를 타고 서울로 가는 날이었다. 2월 중순이라 새벽 6시인데도 집을 나서니 지난밤처럼 어둑했다. 목도리를 칭칭 두르고 집 앞으로 부른 택시가 도착하길 기다렸다. 어플에서 '곧 도착'이라는 알림이 뜨고 나자 골목으로 천천히 들어오는 불빛이 보였다. 집에서 역까지 걸리는 시간은 약 15분. 예정대로 도착한다면 늦지 않게 기차를 탈 수 있는 시간이었다. 뒷좌석에서 안전벨트를 매고, 남은 시간 동안 들을 노래를 고르던 때였다.

"손님은 오늘 어디로 가시나요?"

50대 후반으로 보이는 기사님이 목소리가 들려왔다. 도착지가 역이라서 물어보시는 걸까.

"아. 저는 오늘 서울에 가요."
"일찍부터 먼 길 가시네요. 이 시간에 택시를 타는 손님들은 대부분 역으로 가세요. 어제도 이 시간에 서울 가는 손님을 첫 손님으로 태웠거든요. 신기하네요."
"오늘은 제가 첫 손님인가요?"
"예. 제가 보통 새벽 6시에 집에서 나와서 택시 시동을 걸고 기다리거든요. 오늘은 운이 좋게 10분 만에 손님 콜을 잡은 거지요."

평소라면 사사로운 대화를 나누지 않고 조용히 목적지로 가기를 바랐을 텐데, 기사님의 목소리에서 정중함과 호기심이 느껴져서일까. 아니면 첫 손님이라는 말이 마음을 부드럽게 만들어서일까. 그날은 나도 기사님에게 이것저것 묻게 되었다.

"택시를 운행한 지 1년이 좀 넘었네요. 본래는 식자재를 납품하는 하청 회사를 운영했는데, 코로나 때 본 기업이 문을 닫으면서 줄줄이 사탕으로 하청 기업들도 문을 닫게 됐어요. 일하면서 모은 돈은 그때 수습하느라 다 써버리고, 먹고살아야 하니까 택시를 시작한 거죠."

"다른 일이 아니라 택시를 선택하신 이유가 있나요?"

"제가 노후 계획을 세워뒀거든요. 일을 하다가 예순이 넘으면 택시를 하겠다. 운전이라면 나도 자신 있고, 재미도 있을 것 같고요. 그래서 몇 년 전에 미리 자격증을 땄던 건데 예상보다 몇 년 일찍 시작하게 됐네요."

"시작해보니 어떠세요? 일은 좀 익숙해지셨나요?"

"처음에는 어플로 콜 받는 방법을 몰라서 길가에서 택시를 잡는 손님들만 태웠어요. 예전에는 그렇게 택시를 잡는 게 당연했지만 요즘에는 그런 손님들이 많이 없고요. 운전하면서 계속 주변을 살펴야 하니까 여간 피곤한 일이 아니대요. 다행히 같이 택시 하는 동생이 형님 요즘엔 이렇게 하면 장사 못 한다고 방법을 알려줬어요. 그러고 나니 훨씬 편해졌지요. 덕분에 손님도 태우고요."

"그러게요. 저도 지나가는 택시를 잡아본 일이 꽤 오래된 것 같아요. 일은 재미있으세요?"

"예. 1년쯤 하다 보니까 생각보다 더 재미있네요. 운전을 하면 시간이 어떻게 가는지 몰라요. 예전에는 일한다고 바빠서 세상이 어떻게 흘러가나 살펴볼 겨를이 없었는데, 이제는 여기저기 다니면서 차창 너머로 세상 구경하는 것도 좋고요. 여러 손님을 태우는 일도 재미있죠."

"그래도 항상 좋은 손님만 있는 건 아니지 않나요?"

"그렇죠. 별별 손님이 다 타죠. 특히 술 취한 손님이 타면 힘들어요. 그래서 밤늦게는 되도록 운행을 안 하려고 하죠. 그래도 다행히 좋은 손님이 훨씬 더 많습니다. 이 손님, 저 손님 태우다 보면 내가 언제 이렇게 새로운 사람들을 많이 만나보겠나 싶어요. 어제만 해도 34명의 손님이 제 택시를 탔어요. 기본요금 손님이 많은 날이었는데 한 손님이 진해 용원에서 마산 산호동까지 가시는 덕에 한번에 2만 4,000원을 벌었죠. 그런 날은 운이 좋은 날이에요."

"하루에 몇 명이 탔는지 세어보시나 봐요."

"예. 매일 세어보죠. 가끔은 제가 태운 손님들이 참 신기하게 느껴질 때가 있어요. 창원에 저 말고도 택시가 얼마나 많은데, 다른 택시가 아니라 제 택시에 탄 손님들이잖아요. 내리고 나면 다시 못 볼 사람들이죠. 그런데 드물게 한 번 탔던 손님을 다시 태울 때가 있어요."

"같은 손님인지 어떻게 알아보세요?"

"목소리로 기억하죠. 처음에는 긴가민가해도 몇 가지만 물어보면 '아. 그때 거기서 태운 손님이구나' 하고 떠올라요. 이것도 인연이라면 인연이라고 생각합니다. 창원 인구가 100만인데 두 번이나 우연히 만났으니까요."

기사님과 이야기를 나누는 동안 택시는 어느새 역에 도착하기 전 마지막 신호 대기 중이었다. 머지않아 곧 택시에서 내리게 될 터였다. 수많은 다른 택시에 탈 수 있었지만, 우연히 이 택시에 타게 된 나. 내리고 나면 다시 못 보게 될 사람인 나. 묻고 싶은 것들이 많은데 이대로 헤어진다는 사실이 아쉬웠다. 하지만 이 대화가 오래 지 않아 끝날 것이라는 걸 알기에 나와 기사님도 부담 없이 이야기를 시작할 수 있었는지 모른다.

"저는 손님들이 내릴 때 항상 좋은 하루 보내시라고 말합니다. 빈말이 아니라 진짜로 그랬으면 좋겠어요. 손님들도 나도 좋은 하루를 보내면 좋잖아요."

파란불로 신호가 바뀌고 택시가 매끄럽게 좌회전을 했다. 그러자 24시간 운영 중인 식당들과 불이 켜진 역사가 보였다. 이른 시간이라 주변이 한적했다. 안전벨트를 풀고 짐을 챙기는 동안 택시가 멈춰 섰다. 결제는 어플에서 자동으로 될 테니 이제 마지막 인사를 하고 내리기만 하면 되었다.

"손님. 고맙습니다. 오늘도 좋은 하루 보내세요."
"저도 덕분에 잘 왔습니다. 좋은 하루 보내세요."

문을 닫고 한 발짝 물러서자 택시는 유유히 다른 방향으로 멀어졌다. 휴대전화를 확인하니 예상보다 시간이 얼마 남지 않아 빠르게 에스컬레이터 계단을 뛰듯이 올라가 플랫폼으로 향했다. 탑승구에 들어서자 같은 기차를 타고 갈 열댓 명의 사람이 서 있었다. 숨을 고르며 시간을 확인했다. 5분 후면 서울행 기차가 도착할 예정이었다. 택시 어플을 눌러 기사님에게 짧은 메시지를 남긴 후 '이 기사님 또 만나기' 버튼을 눌렀다. 평소라면 굳이 하지 않았을 일이었다. 앞으로 내게도 100만 인구 중 두 번이나 우연히 만나는 일이 생겨날까. 그때도 기사님이 나를 알아볼까.

저만치 기차가 들어서는 동그란 터널로 희붐하게 밝아오는 하늘이 보였다. 새벽 6시 반. 지금쯤 친구들은 대부분 자고 있겠지. 누군가 깨어 있다면 살며시 커텐을 치듯 인사를 건네고 싶은 아침이었다. 오늘도 어김없이 아침이 밝아오고 있다고. 어떤 마음으로 잠에서 깨어나든, 모쪼록 좋은 하루 보내기를 바란다고.

되게 하는
일

 책 마감을 앞둔 몇 달 동안은 매일 아침 같은 가방을
메고 집을 나선다. 노트북과 책, 필기구를 가득 담은 필
통, 손바닥 크기의 노트, 기타 소지품을 넣을 수 있는 커
다란 백팩. 운전을 할 줄 모르는 탓에 무거운 가방을 메
고 작업하기 좋은 공간을 찾아 20~30분 이상은 꼭 걷는
다. 비 오는 날이 아니면 한여름에도 걷는 일을 좋아해
차 없는 불편함은 크게 느끼지 않지만, 주기적으로 찾아
오는 어깨 통증과 함께 같은 가방을 메고 나가는 일이
지겨워질 때가 있다. 특히 여름이 다가오는 요즘 같은 날

엔 산뜻한 색깔의 얇은 천 가방을 들고 싶다. 최근에 충동적으로 산 노란색도 좋고, 몇 년 전 방콕에서 사온 파란색도 좋다. 하지만 노트북 무게로 축 처진 천 가방 끈이 어깨를 짓누를 때 밀려오는 후회 또한 잘 안다.

글을 쓰는 일은 무언가 '되다 말다'의 연속이다. 어느 날에는 1시간 만에 초고 한 편을 쓰고, 어느 때에는 글 하나를 완성하는 데 며칠이 걸린다. 최근 일주일 동안은 글 하나를 붙잡고 헤매는 시간을 보냈다. 하나의 이야기를 끝내고 다음 이야기로 넘어가는 적절한 문장을 찾고 싶은데 떠오르는 문장이 모두 마음에 들지 않았다. 고민이 길어질 땐 길을 걷다가도 좋은 글감이 떠오르면 무작정 멈춰 서서 생각한다. 이게 글이 될 수 있을지 없을지. 쓸 수 있을 것 같은 기분이 들면 최대한 빠르게 노트북을 펼칠 수 있는 곳으로 향한다. 빨라지는 걸음에 얕은 두근거림이 붙어 있다. 하지만 간절히 기다리던 답장일수록 대부분 내 마음에 차지 않는 것처럼, 써보면 깨닫는다. 아, 이번에도 아니구나. 풀리지 않는 글은 덮어두고 새로운 글을 쓰자니 무엇을 써야 하나 막막하고, 그러는 사이 마감 날짜는 다가온다. 아침과 달라지지 않은 글을 가방에 넣고 집으로 돌아가는 길에는 기분이 축 처진다. 노트북을 넣은 얇은 천 가방처럼.

쓰는 시간보다 쓰지 않는 시간을 더 소중하게 여기자고 다짐하지만, 책을 쓰는 동안에는 마음에 드는 글을 썼느냐 못 썼느냐로 하루의 가치가 결정된다. 카페로 걸어가는 길에 열매가 알알이 맺힌 앵두나무를 본 아침도, 새로 연 국숫집에서 맛있는 국수를 먹었던 오후도, 친구와 별것 아닌 농담을 하며 크게 웃었던 저녁도 글을 제대로 쓰지 못한 밤에는 하루의 모서리로 밀려난다. 아무것도 하지 못한 하루가 된다. 쓰기 위해 살아가는 삶이 아닌데도.

하루는 가방을 챙겨 도서관에 갈 준비를 하다가 20대 중반에 알고 지내던 사람이 떠올랐다. 안부를 물은 지 꽤 오래되었는데 어떤 무의식이 그 사람을 불러왔을까. 나보다 열 살이 많았던 그는 회사를 다니며 소설을 썼다.

퇴근 후 늦은 밤에 쓰고, 주말에 쓰고, 산책하다가 휴대
전화 메모장에 썼다. 그는 밥을 먹고 일을 하는 현재의
삶보다 자신이 쓴 이야기 속에 더 오래 머무는 사람 같
았다. 여러 번 도전한 공모전에서 아쉬운 결과가 이어졌
지만 그가 할 수 있는 일이란 오래 좌절하지 않는 것, 공
들여 쓴 글을 고쳐 다음 기회를 준비하는 일이었다. 이번
에는 정말 될 거라 예상했던 공모전에서 최종 탈락했던
날, 그와 편의점 야외 테이블에 앉아 과자 한 봉지를 나
눠 먹다가 물었다. 혹시 다음에도 안 되면 어떻게 할 거
냐고. 그래도 계속하겠느냐고. 그때 나는 그를 조금은 미
련하다고 여겼던 것 같다. 이날의 대화를 여전히 기억하
는 건 뒤에 이어진 그의 대답 때문이었다.

"지금은 되게 하는 것이 나의 몫이야."

10년이 지난 지금 그는 소설을 쓰고 있을까. 애써서
바라던 무엇이 되었을까. 그렇다면 지금 나의 몫은 무엇
일까. 문득 떠오른 질문에 대답하고 싶어져 가방을 내려

놓고 의자에 앉았다. 책상 한편에 쌓아둔 300여 장의 종이가 보였다. 최근 몇 달 동안 수정한 원고를 모은 종이들. 초고는 노트북으로 쓰지만 퇴고는 원고를 인쇄해 펜으로 고친다. 그래야 나에게서 글이 나아간다는 느낌이 들기 때문이다. 종이 상단에는 되도록 퇴고하는 날짜와 시간을 적는다. 이건 나를 향한 조용한 선언 같은 것. 그리고 그즈음 가장 좋아하는 펜을 꺼내 손날에 닿는 종이 질감에 의지하며 한 문장씩 고쳐 나간다. 하다 보면 문장 대부분을 고친 흔적으로 한 페이지가 가득 채워지는 때도 있다. 그 종이들을 버리지 않고 오래도록 간직한다. 오직 나만 아는 시간이, 무언가가 되게 하기 위해 애써본 흔적이 여기에 남아 있으므로.

글쓰기의 기쁨은 괴로움보다 짧고 드물게 찾아온다. 그래서 귀하고 강렬하다. 열렬히 좋아하는 사람이 내게 보여준 짧은 미소를 기억하는 일 같다. 그 사람도 나를 좋아하는 건지, 누구에게나 보여주는 호의인지 알 수 없어서 주변을 계속 맴도는 마음. 그렇게 다시 마주친 미소는 쉽게 잊히지 않는다.

어려운 글을 쓰느라 끙끙대는 시간을 보낸 날엔 함께 글을 쓰는 동료와 농담을 한다. "뭐 그리 대단한 걸 쓰겠다고 이러고 있나!" 이렇게 말하며 웃고 말지만 다시 책상 앞에 돌아와 글을 마주하면 농담했던 기분은 어느새 날아가 버린다. 나의 등 뒤로. 노트북 너머 창문 밖으로. 사실은 대단한 걸 쓰겠다는 마음이 아니라 지금 내가 쓸 수 있는 가장 좋은 것을 쓰고 싶다. 시간과 정성을 들여 이 책을 만드는 사람들, 언젠가 이 글을 읽을 사람들에게 최소한의 양심을 지키고 싶다. 지금은 이게 나의 몫이다.

쓰는 동안 주기적으로 찾아오는 좌절감을 산뜻하게 털어내진 못하지만 그럼에도 아침이 오면 종이와 펜이 있는 자리로, 내게서 나아가는 쪽으로 몸을 데려간다. 베란다가 없는 집은 햇볕이 가장 잘 드는 자리에 빨래 건조대를 옮겨 놓듯이. 다 마르기 전에 해가 지면 어쩔 수 없이 다음 날을 기다려야 하지만, 다행히 아침은 매일 다가온다. 그리고 장마에도 젖은 빨래를 말리는 방법은 있다.

우리가 모르는
행복이 있을 거야

대합실 의자에 앉아 기차를 기다리는 시간을 좋아한
다. 오고 가는 사람들로 혼잡한 서울역보다는 적당히 붐
비는 규모의 역이 조용히 앉아 있기에 좋다. 내게는 자주
이용하는 창원중앙역이나 신경주역이 그런 곳이다. 한
달에 두세 번은 기차를 탈 일이 생기는데, 혼자 움직일
때는 30분 정도 이르게 도착해 사람들을 구경하며 시간
을 보낸다. 헤어지고, 돌아오고, 긴장하고, 지루해하는 사
람들 속에서 오롯이 혼자가 되는 시간이 편안하게 느껴
진다.

지난겨울에는 딸을 배웅하러 나온 가족을 보았다. 앞자리에 앉은 앳된 얼굴의 딸은 도톰한 야구 점퍼를 입고, 얼마 전 미용실에 다녀온 듯 통통한 단발 웨이브 펌을 했다. 바닥에 놓인 짐 가방이 여러 개인데다 옆에 선 부모가 거기 가서도 연락 자주 하고, 친구들 잘 사귀라는 말을 하는 걸 보니 며칠 여행을 떠나는 것은 아닌 듯했다. 2월 중순쯤이었으니 대학교 입학을 앞둔 스무 살이 아니었을까. 그는 부모의 말에 눈을 맞추고 응, 응 고개를 끄덕이다가도 손에 쥔 휴대전화와 출발시간을 알리는 전광판을 자주 확인했다. 의자 끝에 비스듬히 걸쳐 앉은 그의 옆얼굴을 보고, 스무 살의 얼굴이 저렇게나 어린 얼굴이구나 새삼 놀랐던 기억이 난다. 긴장되겠지. 설레기도 할 테고. 오래 지나지 않아 그는 짐 가방을 챙겨 부모를 차례로 한 번씩 안고 떠났다. 일부러 얼굴을 찡그리며 힝 소리를 내기도 했지만 돌아설 땐 제법 씩씩하게 손을 흔들었다. 그가 플랫폼으로 향하는 문을 완전히 나설 때까지 부모는 제자리에 서 있었다. 혹시나 돌아보면 다시 손을 흔들어줘야 할 테니까. 그리고 자신들도 돌아설 때가 되자 그의 엄마가 말했다.

"봤지? 쟤 마음은 벌써 거기로 갔어."

그건 곁에 있던 사람을 한 차례 떠나보내는 목소리였
다. 서운한 마음이 든대도 어쩔 수 없음이 목소리에서 묻
어나는 건 그들도 언젠가 그런 식으로 떠나보았기 때문
일 것이다. 그들이 대합실을 빠져나간 자리에서 스무 살
의 나를 생각했다. 배웅 나온 가족들에게 인사를 하고 혼
자서 기차나 버스 좌석에 앉았을 때, 나 없는 집으로 돌
아갈 사람들을 생각하며 슬며시 쓸쓸함이 차오르기도
했지만 그보다 더 큰 것은 이제 가면 된다는 홀가분함이
었다. 내 삶은 이제 내가 가야 할 곳에 있다는 듯 창 너머
먼 곳을 보면서 아직 오지 않은 시간을 상상했다. 다가올
시간이 지나온 시간보다 더 좋게 느껴졌다. 어떤 새로운
일들이 나에게 일어날지, 어떤 예측하지 못한 만남이 나
를 기다릴지, 내가 나를 상상하는 일이 재미있었다. 그러
느라 마음이 자꾸 멀리 가고, 높이높이 떴다. 실망을 하

고 그 실망에 익숙해지는 일은 다음의 일이었다.

　서른 중반이 넘은 지금. 그때의 나와 지금의 나는 어떻게 달라졌나. 이제는 삶에 어떤 놀라운 일이 벌어질지 크게 기대하지 않는다. 알 수 없는 미래를 생각하는 마음은 설렘보다 조심스러움에 가깝다. 조금씩 나이 들어감에 익숙해지는 일, 할 수 있던 일을 하나씩 하지 못하게 되는 일, 가까운 존재를 영원히 떠나보내는 일처럼 다가올 날들에는 견뎌야 할 상실과 슬픔이 더 많을 것이므로. 미래의 나를 상상할 때면 그저 내가 편안하기를 바라게 된다. 예측 가능한 행복과 눈에 보이는 고만고만한 기쁨에 만족하는 법을 익히고 싶어진다.

　그럼에도 사람은 기대하지 않을 수 없는 존재여서 가끔은 친구가 한 말을 떠올린다. 20대에 찍은 사진들을 보다가 "왜 지금보다 옛날이 더 좋게 느껴질까. 이때는 무얼 하든 재밌었던 것 같은데"라는 말을 꺼냈을 때 친구 은지가 들려주었던 대답이다.

"그때 우리가 웃는 사진을 많이 남겨놔서 그래. 미래에도 우리가 모르는 행복이 있을 거야. 분명히 있을 거야."

어딘가로 가는 기차 안에서 무심히 휴대전화만 보다가 뺨에 닿는 빛이 달라져 창문 너머를 바라볼 때가 있다. 이름 모를 강에 맺힌 윤슬, 들판 한가운데 햇빛을 받는 커다란 나무처럼 빠르게 지나치는 풍경 중에도 마음을 뺏기는 예쁨이 있어 차창 쪽으로 얼굴을 가까이 댄다. 보지 않았더라면 존재하는지 몰랐을 풍경이 차례차례 뒤로 밀려난다.

살아가다 문득 "미래에도 우리가 모르는 행복이 있을 거야"라는 말이 생각나면 기차에서 바깥 풍경을 더 자세히 보려고 창문에 가까이 다가서던 느낌이 떠오른다.

그럴 땐 조금 더 먼 곳을 볼 수 있다. 나도 모르게 미래에 기대는 자세가 된다.

사랑할수록·더·선명해지는·이야기

¶ 2부 ─────

우리
또 만나

작년 가을. 장례지도사를 인터뷰한 친구가 이런 이야기를 들려주었다.

"너도 들어봤지? 사람에게 마지막까지 남아 있는 감각이 청력이라고. 그래서 계속 말을 거는 게 중요하다고 하더라. 옆에서 울기만 하면 그 사람은 울음소리만 듣고 가니까, 가슴 아프더라도 당신이 얼마나 소중한 사람이었는지 들려주라고. 그래야 떠나는 사람 마음도 편해진다고."

이때만 해도 가까운 이들의 죽음을 겪기 전이라 그저 상상만 해볼 수 있었다. 만약 그런 상황이 온다면 무슨 말을 해야 할까. 무슨 말이든 할 수는 있을까. 죽음을 앞둔 사람이 나라면 어떤 말을 듣고 싶을까. 그날 저녁, 소파에 기대 쉬는 남자친구를 물끄러미 바라보다가 물었다. 나중에 네가 소중한 사람의 죽음을 지켜보게 된다면 마지막으로 어떤 말을 해주고 싶을 것 같냐고. 평소에도 뜬금없이 이런저런 질문을 하는 내게 익숙해진 남자친구는 잠시 생각에 잠기더니 대답했다.

"사랑한다는 말, 고맙다는 말을 하고 싶겠지. 그래도 마지막 한 마디만 할 수 있다면 이 말을 들려줄 것 같아."
"무슨 말?"
"어디선가 우리 또 만나자는 말."

그 말을 듣고 안심했던 나를 기억한다. 마지막 순간에 또 만나자는 말을 들을 수 있다면 마음이 조금은 편해지지 않을까. 먼일처럼 느껴지는 죽음을 떠올리며 생각했다. 그리고 이야기를 나눈 지 두 달이 지났을 때 나는 이 말을 들려주는 사람이 되었다.

그즈음 큰 수술을 하게 돼 병원에서 회복을 기다리던 할아버지는 폐렴으로 인한 패혈증으로 갑작스레 세상을 떠났다. 병원에서 마음의 준비를 하라는 연락을 받았을 땐 혹시나 하는 기대도 있었다. 몇 달 전에 같은 말을 들었지만 할아버지는 아직 때가 아니라는 듯 이겨냈으니까. 꼭 살아서 집에 갈 거라고 말했던 사람이니까. 하지만 임종 면회를 위해 들어간 병실에서 할아버지를 보는 순간 알았다. 할아버지와 보내는 시간이 이번이 마지막이라는 걸. 일주일 전만 해도 대화가 가능했던 할아버지는 눈도 제대로 뜨지 못하고 산소호흡기에 의지해 힘겹게 숨을 쉬고 있었다. 지난달 내가 사준, 할아버지가 마음에 들어 했던 갈색 조끼를 입고서였다.

담당의사는 환자가 대답할 수는 없어도 들을 수는 있으니 마지막으로 하고 싶은 이야기를 전하라고 했다. 코로나로 우리에게 허용된 면회 시간은 10분 남짓이었다. 의사가 떠난 후 아버지와 나는 잠시 멍하게 서 있었다.

어떤 말로 시작해야 할지 몰라 미지근한 온기가 남은 할아버지 손을 잡고서 그저 눈물만 흘렸다. 우리 중에 먼저 말을 꺼낸 건 아버지였다. 비닐장갑을 낀 손으로 할아버지 얼굴 구석구석을 조심스럽게 쓰다듬은 아버지는 떨리는 목소리로 지난 50년 동안 하지 않은 말들을 꺼냈다. 그중에는 정말 사랑한다는 말도 있었다. 처음으로 사랑한다는 말을 들은 할아버지는 어떤 표정을 짓고 싶었을까. 다음으로 내 차례가 되었을 땐 최대한 울지 않으려고 노력하며 말했다. 항상, 항상 고마웠다고. 덕분에 내가 살 수 있었다고. 앞으로도 잘 살아갈 테니 걱정하지 않아도 된다고. 그리고 마지막 말은 할아버지가 더 잘 들을 수 있게 귀에 대고 말했다. 할아버지. 제 삶에서 할아버지를 만날 수 있어서 좋았어요. 그러니까 우리 또 만나요. 알겠죠?

할아버지가 떠나고 가장 납득할 수 없던 사실은 앞으로 다시는 할아버지를 볼 수 없다는 것이었다. 사망 판정을 받은 할아버지 손을 잡아보았고, 할아버지를 불러도 대답이 없는 것을 보았고, 흰 천이 덮인 몸을 조심스레 쓰다듬어보았고, 다 타고 재가 되어버린 것도 보았고, 유골함을 묻은 땅이 뜨지 않도록 발로 여러 번 밟는 일도 했다. 그럼에도 이 모든 일을 끝내고 집으로 돌아가면 할아버지가 있을 것 같았다. 그래야 말이 될 것 같았다. 어떻게 한 사람의 삶이 이렇게 끝날 수 있는지. 비밀로 간직할 테니 누군가 슬며시 내게 '할아버지는 사실 다른 곳에서 살아가고 있다'라고 말해줬음 싶었다. 내내 생각했다. 할아버지는 지금 어디에 있을까. 어디로 가야 다시 만날 수 있을까.

가족들은 다양한 곳에서 할아버지를 보았다. 나는 장례 이튿날 밤 손님을 배웅하러 나간 길에 장례식장 입구 계단에 걸터앉은 할아버지를 보았다. 평소 즐겨 입는 회색 외투에 중절모를 쓰고 누군가를 기다리는 뒷모습이었다. 체구도 앉은 자세도 비슷했다. 할아버지가 나를 보러 왔구나. 있을 수 없는 일이라는 걸 알면서도 혹시나 하는 마음에 다가갔다. 오래지 않아 다른 사람이라는 걸 깨달았을 때 마음이 무너졌다.

같은 날 밤 막내 고모는 영정사진 속 할아버지가 환하게 웃는 것을 보았다고 했다. 드디어 미쳤나 싶어 눈을 비비고 다시 보아도 할아버지가 자신을 향해 활짝 웃었다고. 그렇게 웃는 얼굴을 오랜만에 본 고모는 사진을 보며 물었다. "아버지. 우리 가족 다 모이니까 좋아요?" 고모는 고모 눈에만 보이는 할아버지 웃음을 대답으로 들었다.

할아버지를 땅에 묻고 내려오는 산길에서 작은 나비한 마리를 보았다. 앙상한 겨울나무들 사이로 나비가 노란빛으로 눈에 띄었다. "어디서 갑자기 나비가 나타났지?" 혼잣말에 옆에서 걷던 여동생이 말했다. "아니야. 언니. 저 나비 아까부터 우리를 따라왔어. 사람이 죽으면 나비로 다시 태어난다던데 할아버지 나비 아닐까?" 동생의 말에 걸음을 멈추고 나비를 바라보았다. 우리를 따라오던 나비가 머지않아 다른 곳으로 가벼이 날아가는 모습을.

삼우제를 앞두고 할아버지 집에 머물던 밤. 아버지는

뒷마당에서 할아버지를 보았다. 장례를 치르는 내내 날씨가 포근하더니 마지막 날에는 저녁부터 보슬비가 내렸다. 그날 밤 거실에서 술을 마시던 아버지는 담배를 피우고 오겠다고 밖으로 나가선 한참을 돌아오지 않았다. 무슨 일인가 싶어 찾으러 나갔을 때 아버지는 항아리가 모여 있는 뒷마당에서 멍하니 비를 맞고 서 있었다. 여기서 뭐 하느냐고 물었더니 반가운 기색으로 내 팔을 항아리 쪽으로 이끌며 말했다.

"달님아. 저기 불빛 보이지?"
"불빛? 무슨 불빛 말하는 거야?"
"저기 봐. 저기 반짝이잖아. 내 눈에만 보이는 거야?"

아버지가 보는 것을 나도 보려고 항아리 쪽으로 가까이 다가섰다. 아버지가 본 불빛은 집에서 새어 나온 빛이 항아리 표면에 하얗게 반사된 것이었다.

"저기 저 하얀빛 말하는 거야?"

"그래. 나만 보이는 거 아니지? 네 할아버지가 여기 오신 거야."

불빛을 아버지라고 여긴 그는 그 자리에서 울먹이는 목소리로 말을 걸었다. "아버지. 내가 미안해요. 내가 정말 잘못했어요." 이대로 있으면 감기에 걸린다고, 그만하고 집에 들어가자고 말려도 소용없었다. 뒤늦게 상황을 안 고모들은 비를 맞더라도 그대로 두는 것이 좋겠다고 했다. 그에게 지금 이 시간이 필요한 것이라고. 그렇게 아버지는 1시간 가까이 마당에 서서 당신의 아버지에게 말을 걸었다.

그 후에 나도 무언가를 보면 할아버지일지도 모른다는 생각이 들었다. 갑작스레 바람이 불어와 커튼이 부풀어 오를 때. 스스럼없이 내게 다가오는 길고양이를 만날 때. 늦은 밤 집으로 걸어가는 길에 환하게 뜬 보름달을 보았을 때. 나뭇가지에 앉았다가 가볍게 하늘로 날아오르는 새를 보았을 때. 이상하게 잠이 오지 않던 밤, 피아노 건반 덮개가 스르르 떨어졌을 때. 나도 모르게 할아버지를 떠올렸다. 그러면 어김없이 눈물이 나는 한편 지금 껏 경험한 적 없는 위로를 느끼기도 했다. 어떤 모습으로 든 나를 보러 온 할아버지를 상상할 수 있었으므로. 그것 은 온전히 나의 믿음 안에서 일어나는 일이었으므로.

사십구재를 며칠 남겨둔 12월 어느 날엔 카페에서 글 을 쓰다가 할아버지 생각에 불쑥 눈물이 났다. 마주 앉은 친구가 조심스레 다가와 등을 어루만져 주었다. 조금씩 마음을 진정시키며 눈물을 닦는데 친구가 놀란 목소리 로 말했다.

"달님아. 밖을 봐. 눈이 내린다."

친구의 말에 뒤돌아보았다. 등진 유리벽 너머로 꽤 많 은 눈이 흩날리고 있었다. 바람이 많이 불어서 누군가 흔 들어 놓은 스노볼 안에 들어온 것 같았다.

"신기해라. 너 우니까 할아버지가 눈으로 다녀가시나

보다."

   정말 그런 걸까. 밖으로 나가 친구와 함께 눈보라를 구경했다. 눈이 잦아들 기미가 보이지 않아 어쩌면 몇 시간 동안 더 내릴지도 모른다고 생각했다. 자리로 돌아와 10분 정도가 지났을까. 아직 눈이 내리는지 보려고 뒤를 돌아봤을 땐 어느새 모든 눈이 그쳐 있었다. 정말로, 다녀갔다는 말이 어울리는 눈이었다.

   두 계절이 지났지만 여전히 그 시간을 자주 떠올린다. 할아버지에게 마지막 인사를 건네던 몇 분의 시간을. 그 순간엔 당연히 그럴 수 있을 것처럼 우리 다시 만나자는 말을 했지만 할아버지가 떠난 직후에는 그 말이 스스로도 믿어지지 않았다. 어떻게 우리가 또 만날 수 있는지 정확하게 이해할 수 없었기 때문이다. 그러나 이제는 믿을 수 있다고, 살아가기 위해서 믿고 싶다고 생각한다.
   맛있는 것을 같이 먹고 싶고, 나란히 걷고 싶고, 다시 한번 옆에 앉고 싶고, 전화를 걸고 싶다는 바람은 앞으로도 계속될 것이다. 하지만 이러한 바람이 이루어질 수 없다는 사실을 다시금 깨닫는 직후에는 이전과 다르게 만날 수 있다는 믿음이 기다리고 있다. 고양이로든. 눈으로든. 빛으로든. 바람으로든. 할아버지가 되고 싶어 했던 새로든. 어느 날 꿈에서는 예전 모습 그대로로. 지나간 시간을 돌이킬 수는 없어도 다가올 시간은 믿을 수 있다. 그렇게 우리는 어디서든 만날 수 있다. 함께 살아갈 수 있다.

갖고 싶은
기분

    2019년 봄에 친구 둘과 방콕에 다녀왔다. 각별한 사이라 한번쯤은 같이 해외여행을 떠날 거라 생각했지만, 그때 꼭 그 날짜에 방콕으로 가야만 했던 이유가 우리에게 있었다. 연차 걱정도 미뤄두고 적금을 깨면서까지 비행기 티켓부터 구했던 이유. 그건 셋이 함께 좋아하는 아이돌의 콘서트를 보러 가기 위해서였다. 가까운 곳으로도 좀처럼 떠나지 않는 내가 그토록 쉽게 결정할 수 있었던 이유는 무엇일까. 태국은 서른두 살이 될 때까지 내가 가본 곳 중에서 가장 먼 나라였다. 5년이 지난 지금도 그 사실은 유효하다.

　방콕으로 떠나야겠다던 결심이 더 기억에 남는 이유는 그즈음 매일 할머니를 보러 요양병원으로 갔기 때문이다. 병실마다 간병인이 있었고 위독한 상황도 아니었지만, 할머니를 낯선 병실에 두었다는 미안함과 걱정으로 퇴근 후에도 주말에도 병원으로 갔다. 할머니가 간밤에 잠을 자지 못했다거나 갑자기 기저귀에 손을 넣는 등 예상치 못한 이유로 보호자를 호출하는 일도 잦아 하루에 두 번 이상, 근무 시간에 양해를 구하고 병원에 가는 일도 많았다. 그런 생활이 반년 가까이 이어지던 어느 날 하루는 퇴근하고 병실로 가는 비상구 계단을 오르다 제자리에 멈춰 섰다. 얼마 안 가 불이 꺼졌고, 어둠 속에서 이대로 사라진다면 어떻게 될까 생각했다. 여기에서 조금만 움직여도 불이 켜질 거란 것도 알았다. 그렇게 얼마간 서 있다 다시 계단을 올랐다. 며칠 동안 비상구 계단에 서 있던 기분이 떠나지 않았다.

　복잡한 미안함과 괴로움을 잊고 싶을 때는 좋아하는 아이돌 영상을 봤다. 그 시간만큼은 다른 생각을 하지 않았다. 지금 이곳의 스위치를 끄고 아무 걱정 없는 세계에 머무를 수 있었다. 휴대전화 화면에 집중하는 동안엔 쉽게 기뻐졌다. 마음이 가라앉는 날일수록 더 깊이 빠져들었다. 길어지는 간병을 곁에서 지켜보던 친구는 말했다.

"힘들면 도망치고 싶다고 생각해도 돼. 아무도 너를 탓하지 못해."

그리고 콘서트가 열리는 방콕은 그즈음 가장 도망치고 싶은 곳이었다. 마침 같은 곳으로 기꺼이 떠날 친구들이 있었다. 우리 모두 갑작스러운 여행 경비를 마련하기 위해 적금을 깼다. 부모님과 함께 사는 친구는 차마 아이돌을 보러 방콕에 간다는 말을 할 수 없어 운 좋게 공짜 티켓 이벤트에 당첨되었다고 거짓말을 했다. 이런 기회는 절대 놓쳐서는 안 된다며. 같은 회사에 다니던 친구와 나는 대표 눈치를 살피며 이틀 연차를 썼다. 목요일 저녁 비행기로 떠나 월요일 새벽에 한국에 도착하는 일정이었다. 병원에는 연락 가능한 다른 보호자 연락처를 알려주고, 할머니에게는 며칠 오지 못할 거라고 말했다.

"나 사흘 동안 할머니 보러 못 와. 세 밤 자고 올 테니까 나 없어도 잘 지내야 해."

할머니는 내 손을 잡고서 고개를 끄덕였다. 그렇게 가게 된 방콕을, 나는 여전히 사랑한다. 혼자였다면 분명히 헤맸을 테지만, 이미 방콕을 다녀온 적 있는 친구 덕분에 수월하게 낯선 도시를 구경할 수 있었다. 한낮의 햇볕이 뜨거웠지만 우기가 아니라 견딜 만했고 더위가 한 차례 꺾인 바람이 불어오는 저녁에는 여름 나라에 머무는 행복을 느꼈다. 어딜 가나 커다란 나무를 올려다보게 되는 일도 좋았다. 이틀을 머문 숙소는 짜뚜짝 시장과 멀지 않은 조용한 동네에 있었다. 짜뚜짝 시장으로 걸어가 관광객 대부분이 먹는다는 파에야를 사 먹고, 핸드메이드 가방 가게에 들러 과소비를 했다. 초저녁에는 카오산 로드에서 색색의 실로 머리를 땋았다. 늦은 밤까지 여기저기 쏘다니며 손에 꼽을 만큼 많은 술을 마시기도 했다. 평소라면 하지 않았을 일도 '그래도 될 것 같은 기분'에 깜빡 속아 넘어가는 것. 이런 게 바로 여행의 즐거움이겠지.

콘서트는 셋째 날 저녁 일정이었다. 불어오는 바람에서 습도가 느껴졌다. 콘서트가 열리는 곳은 태국에서 가장 규모가 큰 국립 경기장이었다. 5만여 명의 사람들이 같은 공연을 보기 위해 한 장소에 운집했다. 우리 좌석은 무대와 멀지 않은 1층이었지만 가장자리라 무대가 잘 보이지 않았다. 입장을 이르게 한 편이라 끝없이 공연장으로 들어서는 관중들을 볼 수 있었다. 우리 주변으로 다양한 나라에서 온 얼굴들이, 설렘으로 상기된 얼굴들이 모여들었다. 서로 이름은 알지 못하지만 같은 아이돌을 좋아하는 마음 하나로 여기서 함께하는 사람들이 가깝게 느껴졌다. 관중석이 거의 다 채워지자 분홍빛으로 저물던 하늘도 어둑해졌다. 마치 그러기로 준비되어 있던 하늘처럼. 콘서트 시간이 다가올수록 공연장 전체가 두근거림으로 채워졌다. 음악 소리와 함께 여기저기서 다른 언어로 웅성거리는 목소리가 공중에 섞였다.

콘서트 시작을 알리는 VCR이 나오자 함성이 동시에 터져 나왔다. 등 뒤에서는 환호 소리가 파도타기 하듯 밀려왔다. 그 소리에 2층, 3층 관중석 쪽을 돌아보았을 때 어둠 속에서 빈틈없이 꽉 채워진 응원봉 불빛이 보였다. 너희가 바라보는 여기에 우리가 있다고 말해주는 불빛. 무대에서 저 불빛을 바라볼 땐 어떤 기분일까. 나도 응원봉을 흔들며 무대에 나타날 멤버들을 기다렸다. 7시 정각이 되자 첫 무대를 알리는 카운트다운이 시작되었고, 모두 같은 마음으로 하나씩 줄어드는 숫자를 외쳤다. 10, 9, 8, 7, 6…… 곧이어 익숙한 전주가 들려왔다. 다시 한번 함성이 터져 나왔다.

2시간은 허무할 만큼 빠르게 지나갔다. 오직 그들을 보려고 간 건데 무대가 어땠는지는 잘 기억나지 않는다. 다만 그날 관중석에서 느낀 기분만이 더 선명해졌을 뿐이다. 조금이라도 무대를 자세히 보려고 기웃거리고, 들리지 않는다는 걸 알면서 좋아하는 멤버 이름을 부르고, 갑자기 비가 내려 주위가 어수선해지고, 비를 싫어하면서도 그 순간만큼은 머리가 젖어도 상관없다 느끼고, 친구들과 중간중간 노래를 따라 부르고, 쑥스러움을 참고 응원 구호를 따라 하고, 뭉클해하고, 간절해하고, 그러다 보니 어느새 엔딩이었다.

흥분이 가시지 않은 채로 수많은 인파에 섞여 공연장을 빠져나왔다. 사람들이 너무 많이 모이면 와이파이 신호가 약해진다는 걸 그날 처음 경험했다. 도로에 서서 바가지를 씌우려는 택시 몇 대를 보내고 숙소로 가는 택시를 어렵게 잡았다. 택시비를 흥정하는 기사와 약간의 실랑이를 하고서야 조금 전까지 홀린 듯한 기분에서 서서히 풀려났다. 창문 너머로 흘러가는 낯선 도시의 밤이 보였다. 그래 나는 지금, 여기에 있지. 어디냐고 물으면 정확히 설명할 수도 없는 도로 위에.

만신창이가 된 꼴로 숙소에 도착한 우리는 높이 뜬 마음이 쉽게 가라앉지 않아 새벽까지 긴 이야기를 했다. 몇 시간 전 우리가 직접 보고 머물렀던 시간에 대해. 그렇지만 콘서트 직후 휴대전화로 본 영상 속 아이돌이 오히려 더 가깝게 느껴지던 낯선 허무함에 대해. 그럼에도 계속해서 우리를 두근거리게 하는 사랑에 대해. 우리는 동의

했다. 콘서트가 시작되기 전 어떤 일이 일어날지 모르던 그때가 제일 가슴 터질 것 같았다고. 그 기분을 다시 한번 느끼고 싶다고.

다음 날은 한국으로 돌아가는 날이었다. 떠나는 마음이 더 아쉽게 날씨가 너무 좋았다. 숙소를 나서기 전 1층 공용 공간에서 잠시 쉬기로 했다. 안내 데스크 겸 간단한 음식과 음료를 마실 수 있는 스낵바가 있고 야외에는 선베드 몇 개가 펼쳐져 있었다. 주문한 음료를 챙겨 선베드로 향했다. 햇빛으로 데워진 선베드에 누워 눈을 감으니 나른했다. 지난밤 높이 떠오른 마음이 가라앉은 자리에 구석으로 밀려나 있던 병원 생각이 떠올랐다. 다행히 병원에서는 연락이 오지 않았다. 사흘이나 병원에 가지 않은 건 처음이었다. 여기에 오기 전 친구에게 들었던 '도망치고 싶다고 생각해도 괜찮다'라던 말이 생각났다. 그 말을 들었을 때 퍼져나가던 저릿한 해방감도. 친구들은 아무 말도 하지 않는 나를 가만히 두었다. 덕분에 조용히 생각에 잠길 수 있었다.

남은 하루가 지나고 밤을 건너 한국에 도착하면 병원부터 찾아갈 것이다. 할머니가 좋아하는 커스터드와 두유를 사갈 것이다. 나를 보고 눈을 동그랗게 뜨며 반가워할 할머니에게 어느새 세 밤이 지났다고, 잘 다녀왔다고 말할 것이다…… 그런 것들을 떠올리며 혼잣말을 되뇌었다. 나는 멀어지려고 여기 온 거구나. 멀어진 다음에 다시 돌아가려고.

5년이 지나 많은 것이 달라졌다. 매일 병원에 갈 일도 없어졌고, 친구 3명 중 둘은 아이돌을 좋아하지 않는다. 그중 하나는 결혼해 제주도로 이사했다. 국내 어느 곳이든 무작정 떠나기란 더 어려워졌다. 누구도 알지 못했지만, 그때만 가능했던 시간을 우리가 운 좋게 가졌던 건지도. 그렇게 생각하면 다행이고 또 아쉽다.

어떤 여행은 기분으로 남는다. 다시 한번, 가져보고 싶은 기분으로. 방콕을 떠올릴 때면 사람은 자신이 느껴본 기분을 그리워하기도 한다는 걸 깨닫는다. 앞으로 더 먼 곳을 가더라도, 그곳에서 더 멋진 공연을 보더라도 같은 기분을 가질 순 없을 것이다. 우리는 몇 년 전의 나, 몇 달 전의 나, 며칠 전의 나와도 조금은 달라진 나로 살아가니까. 그래도 그때 그 순간이 영영 남는다는 건 얼마나 다행인 일인지. 어느 날 내가 한번 더 용기를 내 낯선 곳으로 떠나게 된다면, 이유는 하나다. 그런 식으로 내가 떠난 적 있기 때문에. 그렇게 멀어진 곳에서 느껴본 낯선 행복을 가져본 적 있기 때문일 것이다.

눈을 감고
부르는 노래

　지난겨울, 할아버지를 떠나보내고 두 달 만에 할머니도 세상을 떠났다. 두 사람의 장례를 연달아 치르는 동안 많은 이가 빈소에 찾아와 주었다. 아버지가 사는 울산에 장례식장이 있어 먼 길을 와야 했을 텐데 하나둘 늦지 않게 도착하던 고마운 얼굴들을 기억한다. 특히 할머니 장례를 치르던 며칠은 몹시 추워 나를 안아주던 이들의 옷에서 찬 기운이 느껴졌다. 그 차가움이 고맙고 미안했다. 사람들이 예를 갖춰 할머니 할아버지에게 마지막 인사를 드리는 동안 영정사진을 보며 마음속으로 말을 걸었다. '이 친구는 할머니 할아버지 집에 놀러 갔던 친구인데 기억나?' '이 친구들은 서울에서 왔어. 엄청 먼 데서 왔지?' '나랑 같이 일하는 사람들이야. 어떤 사람들인지 궁금했지?' 그러면 대답을 들을 수는 없어도 할머니 할아버지가 반가워하는 것 같은 기분이 들었다. 그 힘으로 빈소를 지킬 수 있었다.

가까운 존재를 떠나보낸 상실감은 장례 절차가 끝난 후 집으로 돌아왔을 때 비로소 밀도 높은 슬픔으로 찾아왔다. 통화 기록에 남은 할아버지의 부재중 전화, 벽에 붙은 할머니 사진을 보고 무너지듯 눈물이 쏟아지다가 어느 순간에는 눈물도 나지 않고 문이 닫힌 아주 고요한 방에 남겨진 듯했다. 그럴 땐 세상이라는 것이 아주 멀고 불투명하게 느껴졌다. 그즈음 내가 가장 자주 느낀 감정은 허무함과 무서움이었다. 어떻게 한 존재의 삶이 이렇게 끝나버릴 수 있는지. 이러한 상실을 계속 겪어야 하는 게 삶이라면, 산다는 게 어떤 의미를 갖는지. 어떻게 다시 삶을 믿고 살아갈 수 있을지.

한동안 사람들은 내게 많은 말을 들려주었다. 지금쯤 할머니 할아버지는 아픔도 고통도 없는 곳에서 편안해지셨을 거라는 말. 새가 되어 훨훨 날고 있을 거라거나 꿈으로 다녀가실 거라는 말. 분자로 이루어진 우리는 어떤 형태로든 다시 만날 거라는 말. 기억하는 한 계속 함께 살아갈 수 있다는 말. 고인을 그리워하면 천국에서 고인의 머리 위로 꽃비가 내린다는 말. 나는 할머니 할아버지와 여전히 이어져 있는 존재라는 말. 그러므로 우리는 영영 헤어지는 것이 아니라는 말. "있잖아. 최근엔 그런 생각을 했어"라며 함께 걷던 B 선배가 들려주었던 말도 기억한다. 두 번의 장례식 모두 발인까지 함께 해준 선배였다.

"그동안 우리 엄마를 봐도 그렇고, 왜 노인들이 죽음을 담담하게 이야기하는지 늘 궁금했거든. 이제는 그 이유를 조금 알 것 같아."

"왜 그런 것 같아요?"

"그들은 살면서 사랑하는 사람들을 여러 번 떠나보냈

을 거잖아. 노인들은 생각하는 거야. 보고 싶은 사람들이 있는 곳으로 가는 것, 그게 죽음이라고. 할머니 할아버지도 그동안 보고 싶었던 사람들을 다 만나고 있을 거야. 그리고 언젠가 너도 만날 수 있겠지. 그때까지 우리는 우리 삶을 살아가는 거야."

먼 곳에 사는 이들은 전화로 평소보다 자주 안부를 물었고, 가까이 있는 이들은 편하게 울 수 있도록 조용히 옆에 있어 주었다. 친구가 챙겨준 도시락을 며칠 동안 나눠 먹으며 여러 곳에서 편지와 함께 보내준 책들을 꼼꼼히 읽었다. 추천해준 영화와 노래를 보고 들었고, 할아버지를 추억하는 의미를 담아 친구가 선물해준 램프를 켜고 잠이 들었다. 친구가 들려주는 기도 내용에 두 손을 모았고, 다시 글을 쓰기 위해 동료들과 마감 모임을 만들었다. 문자 메시지와 SNS로 여러 마음을 전해 받았다. 사람들은 저마다의 방식으로 알려주었다. 사는 일이 무섭고 허무하게 느껴질 때 그 시간을 어떻게 지나올 수 있는지. 사람이 사람에게 어떤 모습으로 의지와 위로가 될 수 있는지. 그리고 시간이 지날수록 또렷하게 느낄 수 있었다. 사람들의 포옹, 사람들의 말, 사람들의 마음이 향하는 곳이 결국엔 상실 이후에도 살아가야 할 나의 삶이라는 것을.

그즈음 수미 언니는 집으로 나를 자주 초대했다. 평소에도 언니는 혼자 사는 나를 자신의 식탁으로 기쁘게 불러주는 사람이었다. "오늘 김치찜을 만들었는데 된장을 조금 풀어 넣었더니 내가 만든 건데 너무 맛있네. 밥 먹으러 올래?" "오늘 미역국을 한 솥 끓였는데 너 미역국 좋아하잖아. 저녁 먹으러 와." "시댁에서 생선이랑 나물을 많이 보내주셨어. 오늘 우리 집에 오면 생선을 맛있게 구워주지!" 그리고 한동안 수미 언니의 단골 멘트는 이것이었다. "약속 없으면 밥 먹고 가. 너한테 따뜻한 밥 해주고 싶다."

수미 언니 집으로 가던 날은 손에 꼽을 만큼 추운 날이었다. 가장 두꺼운 외투를 입었음에도 어깨를 잔뜩 움츠리며 걸어야 했다. 몸을 떨며 도착한 집에서는 기분 좋은 훈기가 느껴졌다. 한낮의 햇볕이 잘 머무르는 집이었다. 언니는 갓 지은 밥에 된장찌개와 생선구이, 나물 반찬으로 식사를 푸짐하게 준비했다. 금세 차려진 음식들이 맛있어 보여 와아 감탄을 했다. 그날 언니가 준비해준 다정한 식탁 덕분일까. 언니와 함께 밥을 먹는 동안 또다시 마음이 약해져 참았던 눈물이 후드득 떨어졌다. 언니는 밥 먹다 왜 우느냐고 웃으며 휴지를 건넸다. 그 웃음에 나도 따라 웃었다. 왜 자꾸 눈물이 나는지 모르겠다고 눈물을 닦는 나를 보며 언니는 10여 년 전 자신을 키워준 할머니가 돌아가셨을 때를 이야기해주었다.

"할머니가 돌아가시고 한동안은 세상이 아무렇지 않게 흘러간다는 게 너무 이상하더라. 얼마 전까지 여기에 살아 있던 사람이 사라졌는데 꽃이 피고 계절도 지나간다는 게. 어떻게 그럴 수가 있는지 화도 났어. 그런데 있잖아. 10년이 흐르니까 이제는 할머니를 생각하지 않고 사는 날들도 있어. 어떨 땐 할머니랑 지냈던 시간이 오래전 내가 꾼 꿈 같아. 그러다 어느 날에는 할머니가 보고 싶어서 불쑥 눈물이 나지. 그렇게 살아지는 거더라. 그러니까 마음 잘 다독이면서 이 시간을 같이 잘 보내자. 할머니 할아버지는 무엇보다 네가 잘 살아가기를, 평안하기를 바라실 거야."

언니의 말에 천천히 고개를 끄덕였다. 슬픔의 자리를 조심스레 쓰다듬는 손길을 느끼면서. 그 모습을 지켜보던 언니는 뜬금없이 같이 요가를 해보지 않겠느냐고 물었다. 얼마 전부터 하루에 10분씩 요가를 하는데 몸이 한결 편안해진다며. 좋다고, 그러자고 언니를 따라 거실로 갔다. 겨울의 한낮. 거실 중앙에 자리 잡은 우리는 유튜브로 요가 영상을 보면서 차례차례 동작을 따라 했다. 다리를 쭉 펴고, 허리를 늘리고, 상체를 깊숙이 숙이는 동안 에구구 소리가 저절로 나왔다. 어떤 동작은 따라 하기도 힘들어 웃음이 났다.

마지막 동작은 정자세로 누워 눈을 감고 이완하는 시간이었다. 영하의 기온에도 햇볕은 맑아 누운 몸과 얼굴 위로 따뜻한 기운이 머물렀다. 나른함을 느끼며 조금 더 있으면 이대로 잠이 들겠지, 생각하는데 옆에서 언니 목소리가 들렸다.

"눈을 감으니까 햇빛이 주황색으로 느껴지네."

그러게요, 정말 그렇네요. 대답하곤 주황색으로 느껴지는 햇볕 아래 조금 더 누워 있었다. 그리고 내가 외울 수 있는 유일한 시 하나를 떠올렸다. 가만히 눈을 감고 부르게 되는 한강 시인의 「회복기의 노래」.

'이제 살아가는 일은 무엇일까'라고 묻는 시인의 목소리를 따라 마음속으로 시를 읊었다. 혼자 하는 기도처럼, 고백처럼. 얼굴에 머무는 햇살이 잡아본 적 있는 누군가의 따스한 손바닥 같았다. 어렴풋이 느낄 수 있었다. 정오를 지난 햇볕처럼 이 슬픔도 조금씩 줄어들게 되리라는 걸. 그럼에도 아주 사라지지는 않고 표정처럼 말투처럼 내 일부가 되리라는 것. 그리워하는 일에는 언제나 슬픔이 필요하니까. 내가 할 일은 그저 살아가는 일이라는 생각을 할 때에는 '삶은 계속된다'라는 아주 오래된 문장이 햇빛처럼 몸을 어루만져 주었다. 마치 새로운 사실을 깨닫게 된 사람처럼, 내게 살아갈 삶이 있다는 사실에 조용히 놀라며 천천히 고개를 끄덕이게 되는 것. 회복이란 그렇게 시작되는 일일지도 몰랐다.

꿈에서는
가능해

한동안 가족들의 관심사는 꿈이었다. 정확히 말해 할머니 할아버지가 다녀가는 꿈. 아버지는 딱 한번 꿈에서 할아버지를 보았다고 했다. 서른쯤의 젊은 모습으로 나타난 할아버지는 아버지를 두고서 어딘가를 향해 계속 걸어가기만 했다. 그런 할아버지를 따라 걸으며 "아버지, 아버지"를 불러보았지만 끝내 돌아보지 않아 꿈에서 깬 아버지는 슬퍼졌다.

막내 고모 꿈에서는 할아버지가 숫자를 불러주었다. 처음엔 어리둥절하던 고모는 아버지가 로또 숫자를 알려주러 왔구나 싶어 받아 적었다. 하지만 할아버지가 말해준 숫자는 다섯 개. 복권에 당첨되려면 여섯 개의 숫자가 필요했다. 마음이 조급해진 고모는 "아버지. 하나만 더 알려줘요!"라며 붙잡았지만, 할아버지는 말없이 떠나가 버렸다. 고모는 다음 날 출근해서 동료들에게 꿈 이야기를 들려주었다. 누가 들어도 복권을 살 만한 좋은 꿈이었다. 그러자 베트남에서 온 친한 동생이 말했다.

"언니. 그런 건 말하면 안 돼. 그럼 꽝 돼."

고모는 아차 싶었지만 기대를 안고 복권 여러 장을 사 마지막 숫자는 감으로 찍었다. 결과는 완전히 꽝이었다. 얼마 후 이번에는 여동생 꿈에 나타난 할머니가 숫자를 불러주었다. 꿈을 꾼 다음 날 동생은 전화를 걸어 말했다.

"언니 기억나지? 나 어릴 때 할머니랑 했던 숫자 놀이."

동생이 열 살 무렵이었을 때, 두 사람은 숫자 놀이를
자주 했다. 방법은 이러했다. 동생이 집으로 오는 날이면
할머니는 거실 벽에 걸어둔 달력 한 장을 뜯었다. 농협이
나 새마을금고에서 받아온, '월'과 '일'이 큼지막하게 적
힌 종이 달력이었다. 1부터 30까지 숫자가 적힌 칸을 낱
장으로 오려 숫자가 보이지 않게 뒤집어 섞었다. 그런 다
음 할머니와 동생이 종이를 하나씩 뒤집으며 특정 숫자
를 빨리 찾아내는 사람이 이기는 게임이었다. 동생이 이
놀이를 어찌나 재미있어 했는지 숫자 놀이를 하는 주말
오후에는 할머니와 동생이 웃는 소리로 거실이 번쩍 환
해지곤 했다.

꿈에서 어린아이가 된 동생은 오랜만에 할머니와 숫
자 놀이를 했다. 예전으로 돌아간 것처럼 마주 앉은 할머
니가 숫자를 불러주기를 기다리는데, 어쩐 일인지 할머
니는 종이 다섯 장을 차례로 뒤집어 숫자를 보여주었다.
복권 당첨을 바라기엔 역시 숫자 하나가 모자랐다. 법으
로 정해진 것도 아닌데 왜 다들 다섯 개만 알려주는 걸
까. 동생은 내게도 복권을 사보라며 숫자를 불러주었다.

이번에는 완전히 꽝은 아니었다.

한 번이라도 더 보고 싶다는 아버지 바람과 다르게 할머니 할아버지는 동생 꿈에 자주 나타났다. 신기하게도 동생은 잔치 같은 꿈을 연달아 꾸었다. 꿈속에서 할머니 할아버지는 아들, 딸, 며느리, 사위, 손주들과 함께 계곡으로 놀러 가 시끌벅적한 시간을 보냈다. 누군가는 고기를 굽고, 누군가는 헤엄을 치고, 누군가는 돗자리를 펼치고 수박을 잘랐다. 다들 마음에 구겨진 것들일랑 없는 행복한 얼굴을 하고서였다. 그곳에서 할머니는 맥주를 마시고 할아버지는 마이크를 들고 노래를 했다. 가사에 시계가 나오는 노래라고 했던가. 나중엔 신이 나서 다 같이 춤을 췄다. 꿈 밖에서는 가져본 적 없는 시간이었다.

"정말로 할머니가 술을 마시고 춤을 췄다고?"
"응. 꿈에서는 진짜 그랬어. 신기하지?"

그 꿈을 꾸었던 날, 설핏 잠에서 깬 여동생은 그곳에 더 머무르고 싶어 다시 잠을 청했다. 누군가 접혀 있던 꿈을 반듯하게 펼쳐준 것처럼 조금 전 꿈이 그대로 이어졌다. 한바탕 재미있게 놀고 난 후 할머니 할아버지는 손을 잡고 어딘가를 향해 걸어갔다. 어디 가시느냐고 물었지만 두 사람은 대답 없이 천천히 멀어져갔다. 그 모습을 바라보다 여동생은 잠에서 깼다.

"그런데 언니. 할머니가 목발 없이도 엄청 잘 걸으셨어. 이젠 아프지 않으신가 봐."
"다행이네. 정말 좋은 꿈이야."

할아버지 임종은 지키지 못했지만, 할머니의 마지막은 아버지와 함께 지킬 수 있었다. 병원에 도착하고 10분 만에 눈을 감으셨으니 할머니가 나를 기다려준 거라고 믿어도 될까. 호흡이 희박해지는 할머니 손을 잡고서 아버지는 말했다.

"엄마. 너무 무서워하지 말고. 여기서는 오래 아팠으니까 그곳에서는 아프지 마. 가고 싶은 곳에 가고, 건강한다리로 마음껏 뛰어도 봐. 알았지?"

할머니는 대답 대신 아버지 말을 배웅 삼아 마지막 숨을 쉬었다. 우리 이야기를 끝까지 다 듣고 가신 거라고 믿을 수밖에 없게끔. 그래서 꿈을 꾸고 나면, 가족들이 꾼 꿈 이야기를 듣고 나면 궁금해졌다. 어디에선가 그들이 존재하는 모습 그대로 꿈에 다녀가는 걸까. 아니면 그저 각자가 바라는 마음이 꿈으로 보이는 걸까.

가족 중에서 꿈을 가장 많이 꾸는 건 나였다. 여러 날 여러 모습으로 여전히 살아 있는 할머니 할아버지를 보며 울게 되는 꿈이었다. 그러다 하루는 나룻배를 타고 잔잔한 강을 건너는 할머니를 보았다. 꿈속에서 나는 스무 살을 막 넘긴 나이였고, 할머니는 왜인지 나에게는 비밀로 하고 이름 모를 동네로 가는 중이었다. 그 동네에는 할머니를 반겨주는 친구들이 있다는 것, 그곳에 가려면 배를 타야 한다는 걸 꿈속의 나는 이해하고 있었다. 처음 보는 호수 같은 강이었다. 할머니는 편한 자세로 누워 하늘을 보며 잔잔한 물결을 느끼고 있었다. 더없이 평온한 표정이었다. '그동안 할머니는 매일 이렇게 강을 건넜던 거구나. 나에게 말하지 않았던 거구나.' 그런 생각을 하자 순한 바람에 무언가 실려 가는 듯한 기분이 들었다. 천천히 멀어지는 배를 바라보는 마음이 한결 편안했다. 잠에서 깬 후에도 한동안 침대에 누워 아름다운 강을 건너는 할머니를 떠올렸다. 꿈 밖에서는 본 적 없던 낯선 할머니의 모습을. 그리고 알 수 있었다. 언제나 내가 바라왔다는 것을. 할머니 삶에서 내가 모르는 비밀스러운 기쁨이 더 많이 존재했기를. 내가 아는 기쁨이 전부가 아니기를. 그 기쁨이 무엇인지 상상할 수밖에 없다 하더라도.

2022년에 펴낸 산문집 『우리는 비슷한 얼굴을 하고서』에 이런 문장을 적었다. '가끔은 이런 꿈같은 이야기가 우리를 살게 하지.' 그사이 내게는 꿈에서만 볼 수 있는 사람들이 생겨났고, 어떤 순간에는 내가 쓴 문장이 나를 더 믿어준다고 느낀다. 그 문장에 기대어 건너간다. 울지 않는 꿈속에 있는 것처럼. 불어오는 순한 바람과 잔잔한 물결을 느끼면서. 천천히. 또 계속.

과일 던지는
아이

할아버지가 묻힌 선산이 너에겐 익숙한 곳이지.

어릴 때부터 할아버지를 따라 종종 갔었으니까.

사람들의 발길이 닿지 않는 깊은 산속. 그곳에는 할아
버지의 부모님과 형제들, 나와 너에겐 그저 남과 다름없
는 할아버지의 오촌, 육촌뻘 되는 이들의 무덤이 있지.
가는 길이 어찌나 험한지 좁고 거친 흙길을 오를 때면
매번 우리가 탄 차가 낭떠러지로 떨어지는 상상을 했어.
가장 난코스인 가파른 오르막길 앞에선 아버지도 큰 결

심하듯 핸들을 꽉 쥐고 액셀을 세게 밟았잖아. 건조한 날일수록 창밖으로 흙바람이 일었지. 그래도 신기하지. 그렇게 덜컹거리며 오른 산 깊은 곳에 반듯하게 잘 닦인 평지가 있다는 게. 날씨가 좋은 날엔 무덤에 내리쬐는 햇볕이 태연하게 느껴지기도 했어. 할아버지는 10여 년 전 문중 사람들과 이 자리에 터를 마련하느라 얼마나 고생했는지 이야기한 적이 있지. 사실 마음속으로는 이런 일이 왜 필요할까 생각했지만, 그 고생을 감수하고 부모님 묘를 더 좋은 자리로 모셨다는 게 할아버지에겐 두고두고 잘한 일이 되었어. 한동안 할아버지의 꿈자리도 편안하게 해줄 만큼.

무덤 앞에서 작은 상을 펼치고 어른들이 차례를 지낼 동안 다섯 살의 너는 나뭇가지 하나로도 곧장 노는 방법을 찾아냈지. 땅을 콕콕 쑤시다가 어느새 눈에 띈 나비를 따라다니고, 그러다 어느 순간엔 쪼그려 앉아 방아깨비를 잡았어. 나는 너에게서도, 할아버지에게서도 몇 발짝 떨어진 자리에서 무덤에 술을 뿌리는 할아버지 모습과 네가 노는 모습을 번갈아 보았지.

추석에도 볕이 뜨거운, 그늘 한 점 없는 그곳에서. 차례가 끝나면 할아버지는 윗동만 깎은 과일을 들고 평지 끄트머리로 가 산기슭 쪽으로 던졌잖아. 여기 사는 산짐승도 먹을 게 있어야 한다면서. 네 눈엔 그게 재미있어 보였는지 할아버지에게 후다닥 뛰어가던 모습이 기억난다. 던져보고 싶어 한다는 걸 아셨는지 할아버지는 네 손에 과일을 쥐여주었지. 그때 네 손바닥보다 커다랗고 동그란 사과 한 알을.

"멀리 던져라. 그래야 짐승들이 먹는다."

그때 겨우 할아버지 허리만큼 오던 너는 할아버지 옆에 서서 힘껏 과일을 던졌어. 산이 얼마나 깊은지 던지고 나서 잠시 후에야 바닥에 툭 떨어지는 소리가 들렸지. 때론 나뭇가지에 맞아 후드득 이파리 흔들리는 소리가 들리기도 했어. 지금도 그 소리가 들리는 것 같다.

바로 여기가 자신의 자리라 말씀하신 곳에 정말로 할아버지는 영영 묻혔지. 상복을 입고 무덤 앞에서 절을 하는 가족들, 며칠 사이 수척해진 얼굴로 우는 어른들을 보면서 처음으로 느꼈던 것 같아.

　사는 동안 이런 일을 계속 겪게 되겠구나. 내가 가장 오래 본 얼굴들, 익숙한 이 삶들도 결국엔 떠나가겠구나. 그건 참 무섭고 쓸쓸한 일이었어. 다행히 할아버지를 떠나보내는 일이 네 마음에 깊은 슬픔을 만드는 것 같지 않았지만, 그건 당연한 일일지도 몰라. 너는 이제 열여덟이고 할아버지를 가장 잘 따르던 때의 너는 열 살도 채 되지 않았었으니까.

　무언가를 기억하는 일보다 누군가에게 기억되는 게 자연스러운 나이였으니까. 하지만 너에게도 사라지지 않는 몇몇 기억이 있겠지. 그래서 그날 내게 물었던 게 아닐까.

　"누나. 이 과일도 던져야 하지?"

너는 조금 전 할아버지 차례상에 올린 과일을 손에 들고 물었어. 고개를 끄덕이는 내게 너는 그동안 품에 안고 있던 영정사진을 맡기고 평지 끄트머리로 걸어갔지. 그 모습을 가만히 눈으로 쫓는 동안 어떤 시간 하나가 가느다란 줄을 그으며 네 뒤를 따라가는 것 같았어. 내가 열아홉 살에 태어난 너. 어느새 열여덟 살이 된 너. 180센티미터 넘게 키가 자란 너. 존재만으로 할아버지를 많이 웃게 했던 너. 멈춰선 너는 산 깊은 곳으로 과일을 던졌어. 이제는 할아버지 없는 곳에서 혼자. 당연하게도 다섯 살의 너보다 더 먼 곳으로. 후드득. 이내 과일이 떨어지는 소리가 들리고, 짧은 순간이었지만 나는 그런 게 궁금해지더라.

너는 언제까지 더 자라게 될까.

너는 나의 어린 시절을 모르지. 한 번쯤 궁금해한 적은 있을까. 아마 다섯 살 쯤이었을 거야. 하루는 아침에 눈을 뜨니 방에 나 혼자뿐이었어. 혼자라는 사실에 불쑥 겁이 났지만, 문 너머로 할머니 할아버지 목소리가 희미하게 들려서 안심했던 기억이 나. 평소라면 이부자리를 그대로 두었겠지만, 그날따라 혼자 힘으로 이불을 개고 싶더라. 마치 종이접기를 하듯 내 몸보다 커다란 이불을 반으로 접고 접고 접어서 낑낑대며 장롱에 넣었어. 물론 이불을 안고 장롱으로 걸어가는 동안 이미 접은 모양이 흐트러졌지만 말이야. 그런데 얼마 후 방으로 들어온 할아버지는 내가 갠 이불을 보고 말씀하셨지.

"이불도 갤 줄 알고, 이제는 다 컸구나."

이제는 다 컸다는 칭찬이 얼마나 듣기 좋던지. 그 후로도 여러 번 이불을 개켜놓고 할아버지를 장롱 앞으로 불렀어. 이것 좀 보라고. 이번에도 혼자 힘으로 이불을 갰다고. 그때마다 할아버지는 말씀하셨어. "그래. 잘했구나. 이제는 다 컸구나." 그러고는 내가 갠 이불을 본인 손으로 다시 반듯하게 개놓으셨지.

사실 할아버지는 내가 서른이 넘은 후에도 이 말을 종

종 하셨어. 조금 멋쩍은 일이었지만, 할아버지에게 여전히 아이일 수 있다는 게 좋았던 것 같아. 나의 한 부분이 오래도록 훼손되지 않는 기분이랄까. 이 마음을 너는 이해할 수 있을는지.

종종 네가 산속으로 과일을 던지던 모습을 생각해. 네가 스물이 되고, 서른이 되고, 마흔이 되는 모습을 상상해보던 짧은 순간도. 너는 어떤 모습으로 나이 들어갈까. 너를 닮은 작은 아이에게 과일 던지는 법을 알려주는 때도 올까. 먼 후일에 네 얼굴을 보며 '쟤가 언제 저렇게 나이 들었지?' 하고 놀랄 테지. 그런 일이 아주 멀게 느껴지면서도 그다지 먼일이 아닐지도 모른다는 예감이 들어. 이제 나는 그런 사람이 된 거야. 하지만 말이야. 네가 몇 살이든 어떤 모습이든 나는 너에게서 언제나 다섯 살짜리 얼굴을 떠올릴 거야. 네가 입을 벌리지 않고 웃을 때 입가에 깊게 지는 주름이 어릴 때와 똑같다는 걸 알아챌 때마다 반가울 거야. 너에게서 여전히 아이의 얼굴을 떠올리는 사람들. 그런 존재는 대부분 너를 먼저 떠나가지.

그래서 삶은 필연적으로 쓸쓸해지지만, 어쩔 수 없는 일이란 것도 서서히 받아들이게 될 거야. 그리고 지금의 나처럼 어렴풋이 깨닫는 날이 오겠지.

이제는 네가 기억하는 것들이 너를 지켜준다는 것을.

차차 흐려지는
날에도

　프리랜서로 일을 하면서 전보다 집에 머무는 시간이 많아졌다. 마감이 없는 오전에 하는 일은 비슷하다. 알람 시간보다 20~30분 늦게 일어나기. 씻고 나와 창문 열기. 책상 앞에 앉아 바깥 날씨를 보면서 뜨거운 믹스커피 마시기. 틈틈이 글쓰기. 몇 달 전에 생긴 새로운 습관은 라디오를 듣는 일이다. 라디오는 늦은 밤과 어울린다고 생각했는데 요즘은 라디오와 함께 시작하는 하루를 좋아하게 됐다.

　아침에 라디오를 들으면 여러 곳의 날씨를 알 수 있다.

호남지방이 차차 흐려진다거나, 제주에는 많은 비가 내린다거나, 서울에는 완연한 봄이 찾아왔다거나. 좁은 땅에 산다지만 어느 곳에선 비가 내리고 어느 곳에선 맑고 따뜻한 바람이 분다. 창문 너머 날씨는 곧 비가 올 듯 말듯한 흐림. 이럴 땐 나와 다른 곳에 사는 사람들의 얼굴을 떠올린다. 제주에 사는 친구는 비 내리는 아침에 무얼 할까. 서울에서 오랜만에 맑은 하늘을 보고 있을 친구는 긴 산책을 다녀오려나. 궁금하다고 해서 매번 연락하는 것은 아니다. 그저 내 옆에 없는 사람들을 생각하는 이 시간이 좋다.

오랜 시간 라디오를 좋아했던 이유는 노래였다. 대학교 기숙사에서 혼자 시험공부를 하던 새벽, 허전해서 틀어둔 라디오에서 그즈음 정말 제목을 알고 싶었던 노래가 운명처럼 흘러나온 순간이나, 서울에 사는 사람을 좋아하던 때에 누군가의 신청곡으로 소개된 「오늘 서울은 하루종일 맑음」을 듣고 가슴 뛰던 순간을 기억한다. 라디오에서 좋아하는 노래가 우연히 흘러나올 때면 여전히 기쁘지만, 요즘에는 진행자가 읽어주는 사람들의 사연에 더 귀를 기울인다.

　겨울 아침, 형제가 많아 늘 옷을 물려받아 입었지만 스웨터만큼은 어머니가 직접 떠 주었던 기억을 떠올린 사람. 고생 끝에 53년 만에 대출 이자를 다 갚은 사람. 떨리는 마음으로 1년 동안 준비한 시험 결과를 기다리는 사람. 오늘은 어머니가 텀블러에 챙겨준 숭늉을 커피 대신 홀짝이며 출근하는 사람. 열다섯 번째 결혼기념일을 기대하는 사람. 회사에서 마음에 둔 사람과 주말에 약속을 잡은 사람(그는 쿨의 노래 「작은 기다림」을 신청했다). 바리스타 수업에서 라테 아트를 성공한 사람. 아이를 낳고 처음으로 친구들을 만나 점심 먹기로 한 사람. 퇴직 후 학교 지킴이로 첫 출근을 하는 아버지를 근무지까지 데려다준 사람. 보령 바다로 혼자 여행을 떠나기로 한 사람(덕분에 보령에 바다가 있다는 사실을 알았다. 언젠가는 이 도시에 가보고 싶다). 버스 기사님이 틀어놓은 라디오 방송을 들으며 아르바이트를 가는 사람.

　몇 해 전에 20년 동안 같은 라디오 프로그램을 진행해

온 DJ를 만나 이야기를 나눴다. 그의 방송 시간은 낮 12시부터 2시. 그는 매일 자신 앞으로 도착하는 사연을 읽으며 지금 이 라디오를 듣는 청취자들은 어떤 사람들일지 생각한다. 밥을 먹으며, 운전하며, 장사하며, 살림하며 자신의 목소리를 듣고 있을 얼굴 모를 사람들에게 우정을 느낀다고. 그중 오랜 시간을 함께해온 애청자들은 휴대전화 뒷자리 번호 네 자리만 보아도 그들의 삶이 그려진다고 했다. 그 후로 라디오 사연을 들을 때마다 사연 속 사람들이 궁금해졌다. 쿨의 「작은 기다림」을 신청한 사람은 주말에 고백할 수 있을까. 53년 만에 대출 이자를 다 갚은 사람은 오늘 어떤 일을 가장 하고 싶을까.

궁금해하다 깨닫는다. 매일 아침 달라지는 날씨처럼, 오늘도 모두에게 다른 하루가 시작된다는 평범한 사실을. 비가 내리는 곳에도. 차차 흐려지는 곳에도. 누군가는 열다섯 번째 결혼기념일을 기대하고, 누군가는 처음으로 라테 아트에 성공하고, 누군가는 혼자 여행을 떠난 바다에서 하루를 살아간다. 때로는 그저 이렇게 '사람들이 살아간다'라는 사실이 마음을 일으키는 힘이 될 때가 있다. 산다는 게 뭐 별건가 싶을 때 조금 더 살아볼 만해지는 것처럼. 그리고 생각한다. 세상엔 셀 수 없이 많은 사람의 하루가 있고, 그 하루가 쌓인 사람들의 삶을 결코 다 알 수 없을 거라는 것. 몰라서 계속 궁금해지고 신기해지는 마음이 나에겐 세상을 좋아하는 방식이라는 걸.

엘리자베스 스트라우트의 소설 『올리브 키터리지』에는 이런 장면이 나온다. 크리스마스 시즌, 일흔이 넘은 부부가 함께 겨울 음악회에 가는 차 안. 조수석에 앉은 아내가 창밖을 보며 감탄하는 부분이다.

"아, 재밌어." 각양각색의 크리스마스 전구로 반짝이는 어둠 저편의 집들을 차로 지나쳐 가며 아내가 말하자, 밥 홀턴은 운전을 하며 빙그레 웃었다. 기분이 좋은 아내는 두 손을 무릎에 가지런히 모았다. "이 모든 인생을 봐요." 아내가 말했다. "우리가 모르는 이 모든 이야기를."*

책상 앞에서 글을 쓰던 어느 오후. 열어둔 창문 틈으로 아이들이 "우와" 하고 탄성을 지르는 소리가 들려 밖으로 나갔다. 대여섯 살쯤 되어 보이는 남자아이와 여자아이가 하늘을 올려다보길래 고개를 드니 저 멀리 비행기가 하늘에 흰 줄을 남기며 지나가고 있었다. 너희들은 알고 있니. 비행기를 보면 어른들도 설렌다는 걸. 아이들 뒤편으로 양어깨에 두 아이의 어린이집 가방을 멘 할머니가 천천히 걸어오는 중이었다. 자랑하고 싶었는지 "할머니! 저기 하늘을 봐요" 하며 앞다투어 뛰어가는 아이들을 보았다. 내가 모르는 인생이 명랑하고 씩씩하게 멀어져가고 있었다.

---

* 엘리자베스 스트라우트 『올리브 키터리지』, 권상미 옮김, 문학동네 2010.

나는 너를
사랑하려고

　아이 없는 삶을 살게 될 거라고, 20대에는 확신했다. 여러 가지 이유가 있었지만 엄마가 될 자신이 없다는 게 가장 솔직한 마음이었다. 아이를 낳고 기르는 존재로 살아간다는 건 내 삶과 상관없는 일이라 여겼다. 스물여섯엔가. 아는 어른과 저녁을 먹는 자리에서도 주저하지 않고 말했다. "저는 결혼은 하더라도 아이 없이 살 거예요." 나보다 열다섯 살이 많은 그는 접시에 샤브샤브 국물을 덜어주며 말했다.

"인생에 대해서 뭐든 단언하지 않는 게 좋아. 30대의 너는 지금과 다를 테니까."

　시간은 쏜살같이 지나간다. 서른다섯의 나는 '정말 그럴까?'라고 생각하며 접시를 받아드는 스물여섯의 나를 떠올린다. 요즘엔 아이를 상상하는 시간이 부쩍 길어졌다고 말하면 그때의 나는 믿을 수 있을까. 힘차게 발을 구르며 킥보드를 타는 낯선 아이가 혹시나 넘어질까 뒷모습을 쫓게 되고, 친구의 두 살 난 아이에게 손가락 하나를 내밀자 스스럼없이 감싸 쥐는 손이 너무 따뜻해 눈물이 날 것 같았다고. 그런 순간에는 아직 여기에 없는 한 아이를 기다리는 기분이 든다고 말하면? 뜨거운 국물을 먹다 놀라서 입천장이 데일까.

　할아버지 장례를 치르던 이튿날. 이른 아침에 입관을 지켜보고 빈소로 돌아와 제사를 지내던 때였다. 상주인 아버지가 술을 따르고 절을 하는 동안 모두 고개를 숙이고 있었다. 눈을 감아도 조금 전에 보았던 할아버지의 잔상이 남았다. 더 이상 자라지 않을 까슬한 머리카락이나 눈썹에 맺혀 있던 살얼음 같은 것들. 옆에 선 고모들이 숨죽여 우는 소리가 들렸다. 울지 않으려고 해도 조용히 눈물이 흘렀다. 닦을 생각도 없이 그저 눈을 감고 서 있는데 누군가가 손등을 톡톡 두드렸다. 눈을 떠보니 다섯 살짜리 조카가 나를 올려다보고 있었다. 슬픔과 가장 먼 곳에 있는 얼굴로, 빈소에서 유일하게 뛰어노는 존재. 입 모양으로 "왜?"라고 물으니 아이는 쥐고 있던 손을 펼쳐 보였다. 손바닥에는 귤 한 조각이 있었다. 무엇을 먹든 주변 사람들에게 하나씩 나눠줘야 하는 아이였다. 생글 웃는 얼굴을 보며 "고마워"라고 속삭이곤 귤을 손에 쥐었다. 아이가 소란을 일으킬까 사촌 언니가 아이를 제 쪽으로 불렀다. 그 모습을 보곤 다시 눈을 감고 서 있는데 얼마 안 가 아이가 또 한번 손등을 두드렸다. "응?" 하고 묻는 표정을 짓자 아이는 손가락으로 제 입을 가리키며 말했다.

"귤. 귤 먹어."

나도, 그 모습을 지켜보던 사촌 언니도 조용히 웃었다. 어쩔 수 없이 아이가 보는 앞에서 귤을 입에 넣었다. 맛 있다는 듯이 꼭꼭 씹었다. 손에 쥐고 있던 귤은 미지근하고 달았다. 그제야 아이는 히 웃곤 사촌 언니에게로 뛰어갔다. 조용히 울던 사람을 조용히 웃게 해주는 존재. 아이란 그런 존재일까.

연말이 되면 사람들은 서로에게 묻는다. 올해 가장 기억에 남는 일은 무엇이냐고. 2년 전 12월에는 연말 특집 기사를 쓰기 위해 대여섯 명의 시민을 인터뷰했다. 건물 관리사무소에서 근무하는 이는 환갑이 넘어 기타를 배우기 시작한 일을 꼽았고, 자영업을 하는 50대 사장님은 코로나에도 끝까지 포기하지 않고 가게 문을 열었던 것을 꼽았다. 그중 제일 인상 깊은 답변은 이제 막 돌 지난 아이를 키우는 30대 님싱이 들려준 것이었다.

"작년 12월에 태어난 아이가 얼마 전에 처음으로 열 걸음을 걸었어요. 그 전까지는 막연한 두려움이 있었거든요. 이 아이가 과연 걸을 수 있을까? 걷지 못하면 어떡하지? 그런데 하루는 아이가 제 손을 놓고서 한 발 한 발 자기 힘으로 걷더라고요. 세어보니 딱 열 걸음. 그 모습을 보는데 세상이 너무 아름답게 느껴졌어요. 열 걸음을 걸었으니 이 아이는 앞으로도 잘 살아갈 거야, 그런 믿음이 생겼어요."

그의 이야기가 며칠 동안 머릿속을 맴돌았다. 아이가 스스로 열 걸음을 걸었던 일이 올해 가장 기억에 남는 일이 된다는 건 어떤 걸까. 그 마음이 궁금해져서.

지난봄. 다른 도시에 사는 친한 동생이 이제 막 돌이 지난 아이를 데리고 놀러 왔다. 아이를 두 번째로 본 날이었다. 처음 본 건 태어난 지 한 달쯤 지났을 때였다. 꽃다발을 들고 동생 집을 찾아갔는데, 아이 몸이 어찌나 작은지 꽃다발 크기와 비슷했다. 누가 잡아주지 않으면 혼자 앉는 일도 어려워하던 아이는 그사이 쑥쑥 자라 이제는 조금씩 걸을 수도 있다고 했다. 그날 밥을 먹고 차로 돌아가는 길에 아이가 걷는 모습을 보았다. 아빠가 잡고 있던 손을 놓자 아이는 잠시 갸우뚱하더니 한 걸음 한 걸음 천천히 나아갔다. 의심 없이 땅을 딛고 다음 걸음을 내디디는 작은 발을 지켜보았다. 단지 걷는 모습을 보았을 뿐인데 기특하고 뭉클했다. 너는 그렇게 걷게 되겠지. 뛰게 되겠지. 아이를 살며시 감싸 안았을 땐 따뜻한 눈을 맞는 기분이었다. 세상에 그런 눈은 없지만, 세상에 없는 아름다움을 믿게 하는 따뜻함이었다.

초등학생 딸을 키우는 친구와 나란히 걷던 어느 오후에 들었던 말도 마음에 품고 있다.

"아이가 아주 어릴 때 손바닥에서 나던 냄새가 있거든. 그 냄새를 오직 나만 알고 있다는 게 살아가는 자부심이 될 때가 있어."

그런 말들이 자꾸 마음에 남는 건 나도 맡아보고 싶어서일 거다. 맡고 나선 오랫동안 기억하고 싶어서. 보드라운 발바닥으로 처음 걷는 열 걸음을 지켜보고 싶어서. 아무렇지 않게 슬픔을 깨트리는 아이를 향해 아무 일 없다는 듯 활짝 웃어주고 싶어서. 나를 올려다보는 한 얼굴을 그 누구보다 사랑하고 싶어서. 살아보지 않으면 결코 알 수 없는 삶 쪽으로 조심스럽게 다가서는 마음을 느끼며, 언젠가는 이 말을 들려주게 될까 궁금해진다.

"안녕. 아이야. 나는 너를 사랑하려고 지금까지 살아온 것 같아."

꿈 밖에서도
가능해

    언니 기억나지. 할머니 집 거실에 걸려 있던, 농협에서 나눠주는 커다란 달력. 어릴 때 할머니가 그 달력을 오려서 숫자 놀이를 해주셨잖아. 한 달에 한두 번 할머니 집에 가는 날엔 그 놀이가 너무 하고 싶어서 밥도 빨리 먹고 할머니를 졸랐어. 10분이 걸리든, 20분이 걸리든 할머니랑 숫자 종이를 찾으면서 엄청 많이 웃었던 기억이나. 그때는 그게 왜 그렇게 재미있었는지. 그것도 기억해. 할머니는 원래 제사 음식 할 때 소쿠리에 달력 종이를 까셨는데, 어느 순간부터는 신문지를 쓰셨던 거 알아? 달력 종이는 내 몫으로 따로 모아두셨던 거야. 중학생이 되고 나서 할머니를 보러 가는 일도 줄어들고, 자연스럽게 숫자 놀이도 안 하게 됐지. 혹시 할머니는 서운하셨을까?

있지, 이건 엄마 아빠도 모르고 언니한테도 처음 하는 이야기인데 할머니한테 용돈 받은 적 있다? 열네 살 때였을 거야. 그즈음 모든 식구의 관심이 막냇동생한테 가 있었잖아. 나는 막 사춘기에 접어들어서, 할머니 집에 가서도 혼자 안방 침대에 누워 있었어. 막내는 항상 마당에서 노느라 집 안에 잘 안 들어왔잖아. 할아버지가 소똥을 뒤집으면 막내는 아빠랑 같이 장수풍뎅이 굼벵이를 잡고, 엄마는 동생 사진 찍느라 바쁘고, 할머니는 마당에 있던 평상에 앉아서 그 모습을 지켜보고는 했지. 그날도 혼자 누워서 휴대전화나 보는데 할머니가 방에 들어오셨어.

무슨 일이지 싶어서 몸을 일으키는데, 할머니가 그러시는 거야. 나에게 줄 선물이 있다고. 그러고는 서랍에서 막 무언가를 찾더니 묵직해 보이는 흰 봉투를 꺼내주셨어. 이게 뭘까, 어리둥절한 마음으로 받았지. 언니. 그 봉투 안에 뭐가 있었는지 알아? 500원짜리 동전이 가득했어.

그때 할머니랑 할아버지가 병원에 가면 병원비가 항상 9,500원이 나왔대. 만 원을 내면 거스름돈으로 500원이 남았는데, 그 500원을 모아두셨다고 했어. 하나둘 모아서 봉투가 꽉 찼을 때 선물로 주고 싶으셨다고. 할머니도 이야기하면서 쑥스러워하는 것 같았어. 나는 뭐라고 대답하면 좋을지 몰라 그냥 "고맙습니다" 하고 웃었던 거 같아.

할머니가 거실로 나가고, 조금 있다 나도 따라 나갔어. 그랬더니 할머니가 창가에 걸터앉아서 밖을 바라보며 웃고 계셨어. 할머니가 자주 앉았던 자리, 기분 좋을 때 웃는 표정. 언니는 떠올릴 수 있지?

그날 다시 침대로 돌아가선 이불 속에서 얼마나 많이 울었는지 몰라. 위로받는 것 같기도 했고, 처음 느끼는 이상한 감정이었어. 나중에 집으로 가서 세어보니 만 원이 조금 넘었던 것 같아. 왠지 이 돈은 허투루 쓰면 안 될 거 같아서 서점에 가서 책을 샀어. 제목이 뭐였더라. 『샬롯의 거미줄』이었나. 내가 그 책을 엄청 좋아했거든.

시간이 지나 할머니가 거스름돈을 다른 데 쓰지 않고 하나씩 봉투에 넣었을 모습을 상상한 적 있어. 나중에야 깨달았지. 500원을 그렇게 모은 만큼 병원에 많이 가셨던 거구나. 언니. 요즘도 나는 500원짜리 동전을 보면 그때 받았던 선물을 생각하게 돼. 그 기억으로 할머니는 나에게 살아 있어.

그렇게 시작되는
글쓰기

만약 도서관이나 카페에서 노트북을 앞에 두고 허공을 응시하는 사람이 있다면, 그는 글을 쓰는 사람일 확률이 높다. 손은 멈춰 있지만 머릿속에서 글이 되지 못한 이야기가 끊임없이 지어지고 부서진다. 어슴푸레 떠오른 문장이 이어지다 끊어진다. 쓰지 않고 생각만으로도 실패를 겪는다. 이런 날에는 사람들과 대화를 나누는 중에도 어느 틈에 쓰다 만 글 생각으로 빠져든다. 그 순간 누구보다 조용한 사람이 된다. 지금 여기가 아닌 다른 곳에 있는 사람이 되니까. 그러다 나를 부르는 목소리를 듣고 깨어난다. 눈앞에 있는 사람은 알아챘을까. 방금 내가 여기에 잠시 없었다는 걸. 모르는 척 대화를 이어간다. 마음이 허전하면서도 무겁다. 어쩐지 내게서 시작되는 이야기는 이미 많이 쓰인 것 같다.

　하루는 도서관에서 글을 쓰다가 누구에게라도 도움을 구하고 싶어졌다. 나에게는 운 좋게도 거의 매일 만나 함께 쓰는 동료가 있지만, 각자 골몰하는 시간을 함부로 깨트리지 않는 것이 우리에게 암묵적인 약속이다. 열람실을 빠져나와 도서관 입구에 마련된 작은 공원 안을 서성이며 친구에게 전화를 걸었다가 끊고선 흔들의자에 앉아 멍하니 한곳을 바라보았다.

　시선이 닿는 곳에 처음 보는 할머니가 앉아 있었다. 인도와 잔디를 구분하는 낮은 난간에 앉아 도서관을 오가는 사람들을 눈으로 쫓는 할머니. 그런 할머니를 나도 지켜보았다. 왜 혼자 앉아 계시지. 왜 그늘도 없는 곳에서 사람들을 보고 계시지. 어쩌면 누군가는 나를 보고 생각할지도 모른다. 저 여자는 왜 저 할머니를 보고 있을까,

하고. 그러거나 말거나 할머니는 사람들을, 나는 그런 할머니를 궁금해하는데 어떤 문 하나가 열리듯 몇 달 전 인터뷰로 만난 이재덕 선생님이 떠올랐다.

올해 일흔일곱인 이 선생님은 일흔넷에 첫 에세이를 펴낸 후 꾸준히 지역의 한 문학원에서 수업을 들으며 글쓰기를 이어가는 중이다. 이 선생님을 만날 수 있었던 건 문학원 담당자의 추천 덕분이었다. 선생님의 초대로 집을 찾아갔던 날, 평소 그가 작업실로 사용한다는 방에 들어가 보았다. 책장엔 그가 필사한 노트들과 책들이, 열린 창문 아래엔 컴퓨터와 습작 종이로 뒤덮인 책상이 보였다. 이곳이 선생님의 자리구나. 여기에 앉아 시간 가는 줄 모르고 글을 쓰는 선생님과 어느 순간에는 멍하니 창문을 바라보는 그의 모습을 떠올렸다.

이 선생님은 어렸을 때부터 책 읽기를 좋아했다. 아버지가 소설책을 자주 사 왔는데 그중에는 심청전도, 춘향전도, 삼국지도 있었다. 일단 책을 펼치면 그 안에 담긴 이야기들이 어찌나 재미있는지 하룻밤 새 한 권을 다 읽어버리곤 했다.

어릴 적 그는 공부도 하고 싶고, 글도 쓰고 싶었는데 여자는 시집가서 편지만 쓸 줄 알면 된다는 이유로 초등학교만 겨우 졸업을 했다. 선생님은 7남매 중 넷째. 유일한 아들인 막냇동생만 중학교와 고등학교에 진학했다. 그게 평생 한이 되었다.

스물한 살의 나이에 가난한 집에 시집을 가 말도 못하게 고생했다. 하루하루가 너무 바쁘고 너무 힘드니 책이란 건 들여다볼 새도 없이 세월이 다 갔다. 어느새 그의 나이 환갑이 되던 해. 자식들도 다 결혼시키고 나니 그제야 삶에 여유가 생겼다. 이 선생님은 늦게나마 배우지 못한 한을 풀고 싶었다. 50여 년 만에 책상 앞에 앉아 손에 펜을 쥐고 공부를 시작했다. 배움에 나이는 없다지만 뒤늦게 시작한 공부가 쉬울 리는 없었다. 그럼에도 선생님은 중학교, 고등학교 졸업 학력 검정고시를 연달아 합격했다. 그리고 예순셋에 집에서 멀지 않은 대학교의 문예창작학과에 신입생으로 입학했다. 그즈음 운전면허도 취득해 직접 운전도 하게 되었다. 학교 가는 날에는

좋아하는 노래를 들으며 운전했다. 콧노래가 절로 나
왔다.

배우고 싶은 만큼 배우고, 원하는 곳으로 얼마든지 갈
수 있는 삶. 그야말로 해방이자 새로운 인생의 시작이
었다.

선생님은 자신보다 한참 어린 동기들과 강의실에 앉
아 교수님에게 문학이란 무엇인지, 글쓰기란 무엇인지
배웠다. 모르는 걸 하나씩 배울 때마다 가슴이 두근거렸
고, 오래전부터 자신은 글을 쓰고 싶어 했다는 걸 다시금
깨달았다. 대학교 졸업 후에는 평생교육원에 진학해 수
필과 시 창작반을 수료하고, 문학원에서 배움을 이어갔
다. 그러던 중 50년 된 '집게 칼'을 소재로 쓴 수필이 문
학 잡지에 실리며 에세이 『오솔길』을 내게 되었다.

"쌀 한 되에 40원 하던 시절에 20원을 주고 산 작은 집
게 칼이에요. 큰 칼은 비싸서 사질 못하고, 그 칼로 과일
도 깎고 남편 발 각질도 긁어내고 그랬어요. 그걸 보고
아이들이 참 싫어했지요. 50년을 쓰다 보니 지금은 주인

처럼 낡아서 접히지도 않지만 항시 눈앞 가까이 찾기 쉬운 곳에 둡니다. 긴 시간 저와 함께한 집게 칼에 대한 고마움을 글로 쓴 거지요."

선생님은 모든 글감이 삶 속에 있으므로 부지런히 메모를 해야 한다고 했다. 그러면서 최근 휴대전화에 메모한 것을 보여주었다.

얼마 전 카페에서 중년의 두 딸이 노모를 살뜰하게 부축하는 모습을 적어둔 것이었다. 선생님은 그 모습을 보며 60여 년 전 노환으로 누워 계시던 할아버지가 "누가 나를 업어서 바깥 구경 좀 시켜주면 좋겠다"라고 말씀하셨던 기억이 떠올랐다. 그때 할아버지 얼굴과 목소리가 마음에 남았다고. 이 메모가 글이 될 것이라고.

그로부터 반년이 넘게 흐른 지금, 흔들의자에 앉아 선생님에게 전화를 걸었다. 다행히 선생님은 나를 기억하고 계셨다.

"선생님. 요즘도 계속 글을 쓰세요?"

"네. 계속 쓰죠."

"글이 막힐 때는 없으세요?"

"수필은 머리로만 쓰려고 하면 안 돼요. 그건 가짜예요."

"그럼 어떻게 써야 하나요?"

"평소에 메모를 많이 하세요. 식당에서 밥을 먹다가, 시장을 지나가다가, 바닷가를 걷다가 내가 보고 들은 거. 사람들이 어떻게 살아가나 잘 살펴보고 내 마음에 탁 걸리는 거. 그런 걸 메모해서 글로 써야 해요."

내게도 마음에 탁 걸리는 것들을 적는 메모장이 있다. 왜 마음에 걸리는지 정확히 알지 못한 채, 그저 달아나게 두면 안 될 것 같다는 느낌으로 적은 것들.

몇 달 전 고모 둘과 경주 황리단길에 다녀와서 이런 메모를 남겼다.

고모들은 그런 사람. 「1박 2일」 프로그램에 나온 분식집, 사람들이 줄을 서서 기다려서 먹는 빵집에는 꼭 들르는 사람. 주인이 들을 수도 있는 거리에서 음식이 비싸다고 말하는 사람. 관광지에서 흔히 볼 수 있는 소품 가게에 들어가 내게는 흔하게 느껴지는 소품들도 자세히 보는 사람. 카페에서 가만히 앉아 무엇을 해야 하는지 모르는 사람. 그러면서 우리 신경 쓰지 말고 네 할 일을 하라고 하는 사람. 다리가 아프다면서 골목골목마다 구경하는 사람. 숙소에서 스타일러를 처음 보고 우리가 입고 온 옷을 다 넣어보는 사람. 뱃살이 너무 많이 나와 걱정이라면서 캔 맥주를 하나 더 따는 사람. 타로카드를 보러 가서 재물 운을 보는 사람. 언제 인생이 좀 펴지겠냐며 한탄하는 사람. 지나가다 들어간 작은 책방에서 내 책을 발견하곤 "여기 네 책 있어!" 하고 신기해하는 사람. 모르는 척하고 싶어 책방을 나서는데 굳이 내 책을 꼭 사서 나오는 사람. "집에 있는데 뭐 하러 사?" 물으니 "그래도 네 책이 있는데 어떻게 안 사고 나와"라고 말하는 사람.

메모로 남겨두면서 심심한 이야기가 아닌가 싶었던

장면도 있다.

버스터미널. 창가 자리에 혼자 앉은 할머니. 창밖으로
할머니의 딸이 보인다. 버스가 떠날 때까지 할머니가
보이는 자리에 서 있다. 버스가 출발하고 할머니는 딸
에게 가라고 인사한 다음, 버스가 완전히 벗어날 때까
지 창 너머를 본다. 터미널을 벗어난 버스. 할머니는
햇빛이 눈부셨는지 커튼을 친다. 할머니에겐 책도 이
어폰도 없다. 얼마 안 가 할머니는 심심했는지 커튼을
열어 창밖을 보다가 잠시 졸고. 일어나서는 부스럭,
다리 사이에 끼워 둔 종이봉투를 살펴본다. 딸이 손에
들려준 종이봉투에서 상자 하나를 꺼낸다. 힐끔 보았
더니 전병 세트다. 할머니는 상자를 열어 전병 하나를
꺼낸 다음 다시 종이봉투에 넣어 쓰러지지 않게 다리
사이에 끼운다. 조용한 버스에서 바사삭 전병 씹는 소
리가 들린다. 고소한 냄새가 나는 것 같다. 이번에는
두 발을 이리저리 움직여보며 신발을 구경한다. 밤 색
깔의 부드러운 가죽 신발이다. 신발 앞코도 보고 좌우

도 살펴본다. 밑창이 깨끗한 걸 보니 선물 받은 것일까. 아직 도착하려면 1시간 넘게 남았고 고속도로를 달리는 버스는 지루하다. 할머니는 커튼 끝을 만져보고, 손잡이도 만져보고, 다시 졸음이 올 때까지 창밖을 본다.

메모를 여기에 옮겨 적으며 깨닫는다. 옆자리 할머니를 보며 사실은 나의 할머니를 떠올렸다는 걸.
얼마 전 카페에서 듣게 된 대화도 적혀 있다.

대각선 자리에 70대 할머니와 50대 엄마, 20대 초반으로 보이는 아들이 앉았다. 아들은 등지고 있어 얼굴은 보이지 않고 마주 앉은 할머니와 엄마는 눈과 코가 닮았다. 할머니는 주황색 얇은 잠바를, 엄마는 천 소재의 보라색 크로스 백을 메고 있다. 빨대로 얼음을 휘휘 젓던 엄마는 아들에게 묻는다. 자리 바꿔줄까? 편한 자리에 앉을래? 이거 더 먹을래? 아들은 고개를 젓는다. 엄마는 무언가 생각난 듯 음료를 한번 쪽 빨

아먹은 다음 말한다.

"너 어린이날에 비가 얼마나 많이 왔는지 모르지? 집으로 걸어가는데 저번처럼 갑자기 가슴이 너무 답답했어."

아들이 병원 갔냐고 물으며 엄마 쪽으로 몸을 더 기울인다. 할머니도 딸을 본다. 엄마는 병원 갈 시간이 어디 있느냐고, 그러더니 바지를 걷어 다리를 보여준다.

"요즘엔 이렇게 핏줄이 더 튀어나와."

아들은 병원에 왜 안 가느냐고 꾸중하듯 말하고, 할머니는 핏줄을 가만히 본다. 엄마는 걷은 바지를 다시 내리며 그저 웃고 만다. 단지 이야기를 하고 싶었던 걸까. 엄마가 자신의 엄마를 보며 말한다.

"엄마. 나는 얘 보면 마창대교가 생각난다."

"마창대교는 왜?"

이번엔 아들을 보고 말한다.

"마창대교 생기고 개통하기 전에 사람들이 걸어 다녔잖아."

"몰라. 기억 안 나."

"거기 다리가 좀 높나. 그때 네가 어릴 때니까 걷다가 오줌이 마려우면 바다에 대고 오줌을 싸고 그랬다고. 그게 얼마나 웃겼는지. 마창대교만 지나가면 네 생각이 난다."

"나 참, 뭐 그런 걸 기억하노."

엄마는 웃는다. 나는 그들을 본다. 엄마의 귀와 아들의 귀가 닮았다. 두 사람은 알까. 서로의 귀가 닮았다는 걸.

메모를 다시 읽으며 생각한다. 나는 그들의 이야기가 왜 좋았을까. 나는 왜 이런 것들이 마음에 걸릴까. 왜 이런 장면이 내가 알아야 할 삶 같을까. 그러다 불현듯 어떤 장면이 떠오른다.

할아버지가 살아 계실 때, 아버지는 운전을 하고 할아버지는 조수석에 앉아 있었다. 할머니 병원에 면회를 다녀오는 길이었을 것이다. 뒷좌석에 앉은 나는 할아버지와 아버지의 귀 뒷면이 닮았다는 걸 알게 되었다. 신기해하며 혼자 웃었다. 두 사람은 자신의 귀 뒷면을 본 적 없을 테니 닮았다는 걸 모를 테지. 기억했다가 말해줘야지 생각하곤 적어두기만 한 메모. 이제는 할아버지에겐 알려줄 수 없게 되었지만 여전히 들을 수 있는 한 사람이 있다.

노트북 앞에 앉아 '아버지는 뭐라고 대답할까'라는 문장을 적는다. 그런 다음 키보드에 손을 올려두고 창문 어딘가를 바라본다. 그렇게 시작되는 글이, 두 사람의 이야기가 있을 것이다. 그리고 깨닫는다. 결국 내가 쓰는 이야기는 모두 내게서 시작되는 것이라고.

거기에 가면 있는
사람들

습관처럼 인스타그램을 보다가 창원 밴드와 함께하는 소규모 파티가 열린다는 게시물을 보았다. 장소는 여러 번 가본 적 있는 '무하유'라는 공간. 최근 LP로도 발매된 음반을 같이 듣고, 밴드 멤버들과 이야기도 나누는 자리였다. 포스터에 적힌 밴드는 모두 다섯 팀이었다. 엉클밥, 그린빌라, 페이퍼리버, 유라시아, 파네마. 모두 한 번 이상은 공연을 본 적 있는 익숙한 이름들이었다. 그중에는 알고 지낸 지 10년이 넘은 밴드도 있었다. 피드를 내리던 엄지손가락을 멈추고 잠시 고민했다. 갈까, 말까.

그곳에 가면 친숙한 얼굴들이 있을 터였다. 이번에 보지 않아도 오래지 않아 다른 장소에서 보게 될 얼굴들.

　인스타그램을 열면 창원에 사는 동료 예술인들의 근황을 알 수 있다. 누군가는 그림을 그리고, 누군가는 노래를 만들고, 누군가는 글을 쓰고, 누군가는 공들여 무언가를 만든다. 피드만 보면 창원은 문화예술인의 도시다. 하지만 인스타그램 게시물은 그들이 보낸 시간의 썸네일 같은 것일 뿐. 그보다 훨씬 많은 시간을 자신이 만드는 무언가에 쏟고 있을 거란 걸 안다. 그래서 무심하게 '새로 고침'을 하다가도 종종 잘 보고 있다는 뜻으로 '좋아요'를 누른다. 전공도, 분야도 다른 이들과 어떻게 알게 된 사이인지 설명하려면 '어쩌다가'라는 말이 필요하다. 얼버무리는 게 아니라 정말 어쩌다가 이름을 알고 얼굴을 익혔다.

　창원이라는 도시가 그렇다. 서울 사람들에게 창원을 소개할 때면 굳이 인구 101만이 넘는 창원특례시라고(특별시가 아닌 특례시에 집착하는 것부터 이미 진 기분이다), KTX

역도 세 군데나 있음을 강조하지만(KTX 역이 있냐는 질문을 자주 듣는다) 사실 창원은 큰 도시가 아니라서 비슷한 관심사를 가진 이들이 모일 만한 곳이 한정돼 있다.

공연을 보러 가서 만난 이들이 책방 행사에도 있고, 새로 문을 연 문화 공간에도 있고, 전시회에도 있다. 재미있는 점은 그렇게 자주 마주치는 이들이 대부분 창작자거나 관련 분야 종사자라는 점이다. 어제는 관객이었던 이가 내일은 무대에 서 있는 일이 낯설지 않다. 좋아하는 일을 하고 있을 뿐인데 서로가 서로의 주변을 자연스럽게 맴도는 한 줌의 세계. 그러니 사람이 별수 있나. 자주 보니 정들고, 비슷한 고민을 하며 작업을 이어가는 이들이 계속 궁금해질 수밖에. 그래서 아는 이들의 전시나 공연 소식이 들리면 친구와 농담처럼 하는 말이 있다.

"거기 가면 또 아는 예술인들을 다 만나겠지?"
"응. 안 가도 눈에 훤하지."

그리고 가보면 정말이지 거의 다 예상했던 사람들이

모여 있다. 때로는 오는 사람들만 온다는 게, 낯선 관객보다 아는 이들이 더 많다는 게 시시하게 느껴졌다. 하지만 올 것 같던 사람이 보이지 않으면 그건 그거대로 또 서운한 일. 한번씩 내가 초대한 행사에 객석이 다 차지 않을까 봐 초조해하고 있을 때 동네 구경 나온 듯 슬리퍼를 신고, 꽃이나 빵을 사 들고서 반갑게 들어오는 익숙한 얼굴들을 보면 얼마나 의지되는지. 우리가 우리를 먹여 살릴 수는 없어도 쓸쓸하게 두지는 말자는 마음 같달까. 친구라고 부르기엔 망설여지는 구석이 있지만, 서로가 공들여 하는 일은 관심 있게 들여다보게 되는. 새삼 그들의 작품에 감탄하고, 때론 그들의 존재가 자랑이 되기도 하지만, 잘 안다고 하기에는 모르는 생활이 더 많은. 이들을 향한 마음을 뭐라고 불러야 할까.

  파티에는 최근 '잔물결'이라는 밴드를 시작한 친구 도리, 현우와 함께 갔다. 사람들과 나눠 먹을 핫도그와 맥주를 사 들고서. 관객은 밴드 멤버들을 포함해 20명 정도였다. 역시나 대부분 아는 사람들이었고, 턴테이블에서 흐르는 밴드 노래를 들으며 안부를 나눴다. 그중에는 몇 년 만에 본 얼굴이 있어 보자마자 "엇!" 소리가 났다. 10년 전 한창 창원에서 공연을 보러 다니던 때에 활동하던 밴드 멤버였다. '뭐야. 왜 이렇게 반가운 거지' 싶을 정도로 정말 반가웠다. 새로운 밴드를 준비한다는 말을 들었을 때는 "대박!"이라고 말했다. 그리고 서로에게 하나도 안 변했다는 말을 할 때는 알고 지내던 시간이 스쳐 지나가기도 했다.

삼삼오오 모여 이야기하는 사람들 속에서 토요일 오후를 보냈다. 화두는 요즘 어떤 작업을 하고 있는지, 다음 계획은 무엇인지였다. 누군가는 개인전을, 누군가는 첫 앨범을, 누군가는 다음 공연과 새로운 책을 준비하고 있었다.

언젠가 책방 주인 참미와 "우리는 왜 계속 자라고 싶어 할까요?"라는 농담을 한 적이 있는데, 그 순간 '우리는 언제까지 다음을 준비하며 살아갈까요?'라는 말이 떠올랐다. 흥미로운 얼굴로 진지하게 서로의 이야기를 듣는 얼굴들을 지켜보았다. 왜 그날따라 한곳에 모인 사람들이 오랜 친구처럼 느껴졌을까. 이렇게 모였는데 술 한잔은 하고 헤어져야 하지 않냐는 말에 역시 창원은 정이라며, 칵테일 두어 잔을 마시고 집으로 돌아간 후에도 잔잔한 기쁨이 머물렀다. 이 도시에서 살아가는 즐거움 중에는 분명 조금 전 만난 이들의 존재도 있으리라는 생각 때문이었다.

얼마 전, 인스타그램 피드를 보다가 처음 보는 계정이 눈에 띄었다. 계정 이름은 '창원전자음악연구모임'. 팔로어 목록을 보니 60명 중 15명이 아는 사람이었다. 첫 공연을 알리는 포스터에는 멤버로 보이는 두 사람의 뒷모습이 있었다. 너무 익숙한 뒷모습이라 누구인지 바로 알았다. 원래 하던 밴드 음악 말고 이번에는 전자 음악을 하는구나. 가볼까 했지만 공연하는 날에 내게는 이미 다른 일정이 있었다. 그날 차로 이동하던 중 현우에게 공연 이야기를 전했다.

"그런데 거기 가면 아는 사람밖에 없겠지?"

"응. 늘 보던 사람들이 있지 않을까."

"어떤 음악인지 궁금하긴 한데."

"그러게. 사람들이 많이 가면 좋겠네."

우리가 못 가는 대신 공연을 보러 가는 사람들이 많기를 바라는 마음이 생긴다는 게 웃겼다.

"그런데 좀 멋진 거 같다."

"뭐가?"

"늘 보던 사람들을 본다는 거. 우리도 그 사람들도 떠나지 않았다는 거잖아. 자기가 하던 거 계속 하면서."

"그렇네. 그만두지 않아서 만날 수 있는 사람들이네."

그만두지 않고 여전히 음악을 하는 사람이 있다. 여전히 그림을 그리고, 글을 쓰고, 무언가를 만들고, 공간을 꾸려나가는 사람이 있다. 그 옆에서 나도 외롭지 않게 글을 쓰며 살아간다. 계속 하는 사람들이 가까이에 있다는 사실만으로 나도 해볼 만하다는 걸 느낀다.

그러니 다들 지금 그 자리에서 오래오래 '하던 거' 하며 살아가기를. '거기 가면 볼 수 있겠지'라고 생각하는 곳에서 시시하지만 반갑게 만날 수 있기를 바란다. 느슨하고 애틋하게. 그들을 우정하는 마음으로.

대박 나면
잠수 타

송백. 은희. 선희. 나의 세 고모는 경기도의 한 도시에 모여 산다. 둘째인 은희가 20년 넘게 살아온 동네 근처로 막내 선희와 첫째 송백이 차례로 이사한 것이다. 세 사람 집이 어느 정도 가까운가 하면 알딸딸한 술기운에도 걸어서 충분히 갈 수 있는 정도다. 그중 은희가 사는 집은 엘리베이터가 없는 4층짜리 빌라로, 스무 살이 되기 전까지 방학 때마다 놀러 갔던 곳이라 지금도 은희의 집 풍경을 구체적으로 그릴 수 있다.

10여 년 만에 그 집에 다시 가본 것은 작년 봄. 그러니까 세 번째 책을 출간한 지 얼마 되지 않았을 때였다. 북토크가 있어 서울에 갔던 날, 세 고모가 번갈아 가며 전화로 이번에는 무슨 일이 있어도 하룻밤을 자고 가라고 했다. 바로 집으로 내려가 쉬고 싶은 마음이 컸지만 이번에도 가지 않으면 고모들이 정말로 서운해할 것 같아 기차 시간을 하루 늦췄다. 일정을 마치고 금요일 오후 늦게 고모들이 사는 동네에 도착했다. 저녁부터 장사를 시작하는 첫째 고모는 이미 출근한 후였고, 같은 공장에서 일하는 둘째 고모와 막내 고모는 6시에 퇴근한다고 했다. 일 마치면 바로 갈 테니 먼저 집에 가 있으라고.

오랜만에 들른 은희의 집은 역시 그대로였다. 시간이 지난 만큼 외관은 낡아 있었지만, 옆 동 할머니가 상추를 심어둔 화단의 모양이나 빌라 단지에 내려앉는 오후의 빛까지 익숙하게 느껴졌다. 계단을 올라 집에 들어서니 정면으로 창문과 싱크대가 먼저 보였다. 거실에서 저 작은 창문이 가장 밝아 보이던 것도 기억이 났다. 사촌동생 방에 가방을 내려놓고 집 안 곳곳을 둘러보았다. 깨끗하게 정돈된 욕실과 안방에 놓인 서랍장과 행거, 텔레비전,

선풍기의 위치도 여전했다. 그중에는 내가 중학생이던 때에도 "이걸 왜 샀을까?" 궁금해하던 손가락 두 마디 크기의 황금색 돼지 모형 두 마리가 아직도 있었다.

검소하고 부지런한 은희의 성격이 그대로 드러나는 집이었다. 입버릇처럼 "아이고 허리야. 아이고 지겨워" 하면서도 눈앞에 머리카락 하나 떨어진 걸 그냥 두지 않고, 구석구석 먼지 하나 없게 잘 닦은 집. 하지만 그날따라 그런 은희도 어쩌지 못하는 집의 낡음이 눈에 잘 보이기도 했다. 안방의 천장과 문지방에서, 욕실의 바닥과 세면대에서. 오래된 셔츠를 단정하게 차려입은 사람의 해진 양말 뒤꿈치 같기도 했다. 그 집에서 가장 새것인 물건은 내 책이었다. 서랍장 위에 놓인 책 여러 권 중 하나. 산뜻한 초록색 표지가 무안하게 느껴질 만큼 눈에 띄었다. 평소엔 책을 살 일이 없어 10년 전 고등학교 교과서가 그대로인 사촌동생의 책장에서도 내 책만이 말끔했다. 누나 돈 벌게 해주려고 직장 동료 10명에게 책을 사게 했다며 으쓱해 하던 사촌동생의 말이나 고모 친구들도 몇 권씩 사서 읽었다는 이야기가 떠올랐다. 매번 가족들에게는 자랑스러운 베스트셀러가 되는 나의 책들.

은희와 선희가 퇴근해서 돌아올 때까지 사촌동생 방에 누워 기다리기로 했다. 이 방이 이렇게나 작고 좁았나 싶게 한 사람이 눕기에 딱 맞았다. 편한 자세로 누워 은희가 공장에서 한다는 일에 대해 생각했다. 언젠가 고모에게 출근하면 무슨 일을 하느냐고 물었더니 "네가 말하면 알아?"라는 대답이 돌아왔다. 알 수도 있으니 말해보라 했더니 은희는 PCB 조립을 한다고 했다. 하루 종일 그 일을 한다고 생각하면 된다고. 은희 말대로 역시나 알 수 없는 일이었다. 문득 그가 하루 종일 어떤 일을 하는지 자세하게 그려볼 수 있다면 좋겠다는 생각이 들었다. 은희는 내 책을 읽고 내 삶을 조금이나마 알 수 있었을까.

일을 마치고 돌아온 은희, 선희와 동네에서 인기가 좋다는 삼겹살집에 가서 고기를 사 먹었다. 사람도 많고, 불판에 구워지는 고기도 많아서 오래 머물지 않았는데 기름 냄새를 잔뜩 끼얹은 기분이 들었다. 집으로 돌아가는 길에 은희는 오르막길을 오를 때마다 자꾸만 "아이고 허리야"라고 했다. 안 그래도 약한 몸인데 최근에 크게 아픈 이후로 살이 더 빠졌다더니 등이 부쩍 말라 보였다. 요가를 배워보라고 했더니 아침이면 출근하기도 바쁜데 무슨 요가를 하겠느냐고, 대신 네가 책을 대박 내서 호강 좀 시켜주라고 했다. 이번 책이 잘 팔리면 새집을 하나 사달라고. 미안하지만 앞으로도 집을 사줄 만큼 대박 날 일은 없을 거라고, 꿈 깨라는 이야기를 하며 웃었다. 그리고 오랜만에 고모들과 한집에서 잠을 잤다.

　다음날 아침에는 일찍 눈을 뜬 두 사람과 콩나물국밥을 먹으러 갔다. 집 앞에 있는 식당인 줄 알았는데, 길 하나를 건너 세로로 긴 시장 하나를 지나야 했다. 반들반들한 파프리카와 직접 다듬어 한 소쿠리씩 파는 깨끗한 도라지. 산지에서 직접 가져왔다는 감자. 그 옆에 체리. 갈치. 백설기. 미숫가루. 떡볶이. 닭꼬치. 부지런히 장사를 시작한 사람들과 이른 시간부터 장을 보러 나온 사람들을 비껴가며 15분을 걸었다. 시장을 벗어나 도착한 24시간 콩나물국밥집에는 벌써 등산을 마쳤는지 등산복을 입은 한 무리와 얼굴이 불콰한 중년 남성 여럿이 소란스레 소주를 마시고 있었다. 그들과 조금 떨어진 자리에 앉은 우리는 아침부터 다들 부지런하다는 농담을 속닥이면서 쪼그라든 깍두기와 국밥 한 그릇을 비웠다.

식당을 나오니 아직 10시가 되기 전이었다. 왔던 길을 돌아가 커피 한잔을 하고 집을 나서면 기차 시간에 늦지 않게 역에 도착할 듯했다. 느긋한 걸음으로 다시 시장에 들어서려는데 은희가 하마터면 까먹을 뻔했다며, 다급히 어떤 가게 안으로 들어갔다. '뭐야. 어디 가는 거야?' 하고 은희가 간 곳을 보았다.

"언니. 내 것도 사야 해."

은희를 따라 선희도 함께 들어간 곳은 2등 당첨자가 여럿 나왔다는 복권 판매점이었다.

두세 평쯤 되는 판매점 안은 신중하게 번호를 고르는 사람들과 복권을 구입하는 사람들로 북적였다. 그 속에서 복권을 사려고 기다리는 익숙한 얼굴들이 귀엽게 느껴졌다. 언젠가 복권을 사는 5,000원은 복권 값이 아니라 설렘 값이라고 했던 친구의 말이 생각났다. 5,000원으로 일주일을 설렐 수 있다면 복권의 효용은 그것만으로 충분하지 않느냐고.

"자. 너도 하나 가져."

조금 뒤 복권 두 장을 손에 쥐고 나온 선희가 한 장을 나눠주었다.

"그러다 내가 당첨되면 어떡하려고?"
"당첨되면 잠수 타."
"잠수 타라고?"
"엉. 잠수 타도 되니까 꼭 대박 나."

선희의 말에 은희도 "그래. 너 혼자 잘살아"라며 웃었다. 이 사람들은 왜 자꾸 혼자서 잘살라는 거야. 정말 그래도 되냐고, 나는 고모들이 당첨되면 내 몫도 떼 달라 할 거라고 했더니 동시에 웃음이 터졌다.

"그래라. 그럼."

　"농담이야. 고모가 잠수 타도 안 미워할 테니까 꼭 대박 나."

　"그래. 너도 대박 나."

　"엉. 대박 날게."

　우리 중 한 사람이 대박 나면 잠수 타기. 그건 아무래도 이상한 다짐이었다. 시장에 들어서자 세 사람이 나란히 걷기엔 좁아 일렬로 걸었다. 그사이 시장에는 늦게 문을 연 가게들과 찬거리를 사러 나온 사람들이 늘어나 있었다. 아직 결과를 알 수 없는 복권을 손에 쥐고서 사람들이 오징어와 파프리카를, 얇은 잠옷 바지를 구경하는 모습을 보며 걸었다. 평범한 오전이라고 부르기 좋은 날이었다. 그러다 한 자리에 쪼그려 앉아 감자를 구경하는 낯선 사람의 등 뒤를 지나면서 생각했다. 손에 쥔 복권이 당첨된다면 선희와 은희가 조금 더 좋은 집으로 이사 갈 수 있도록 보태줄 것이라고. 그러면서 두 사람 중 어느 하나가 당첨돼 홀연히 사라진다 해도 괜찮다는 생각이 들었다. 가끔 얄밉기도 하고, 어떻게 사나 궁금해질 때도 있겠지만 그럼에도 그들이 생각하는 대박이 두 사람의 삶에 찾아온다면 좋을 것이라고. 그러면 얄밉고 궁금해져도, 깨끗하고 커다란 새집에서 두 다리 뻗고 쉬는 은희와 선희를 생각하면 나 참, 하고 웃음이 날 것 같았다.

그러니까 꼭 대박 나. 혼잣말 같은 생각을 하며 걷는데 등 뒤에서 익숙한 목소리가 들렸다.

"언니. 여기가 어제 본 갈치보다 더 싸. 이거 사."

은희를 붙잡는 선희의 목소리였다. 걸음을 멈추고 뒤를 돌아보니 은희가 한 손에 지갑을 들고서 통통한 갈치 한 마리를 살펴보고 있었다.

"그러게. 물건도 여기가 더 좋네."

번개에 맞을 확률보다 낮다는 희귀한 행운을 바라는 사람들답지 않게, 더 저렴한 갈치를 발견한 작은 행운에도 걸음을 멈추는 두 사람을 지켜보았다. 잠수를 탈 만큼 대박은 아니더라도, 저렇듯 잘게 쪼개진 행운이 그들의 평생과 아무렇지 않게 함께하기를. 시장 한가운데 서서 그런 상상을 했다.

오늘도
먼저 자는 사람

친구들은 나를 할머니라고 부른다. 하루에 한 끼는 무조건 한식을 먹어야 하는 데다 뒷짐을 지고 걷는 습관 때문이기도 하지만 별일이 없으면 자정 전에 꼭 잠들기 때문이다. 메신저로 이런저런 이야기를 하다가도 밤 11시가 넘어가면 친구들은 "할머니 잘 시간이에요. 어서 주무세요"라는 농담을 자주 한다. 그 말을 들을 때마다 웃기다고 생각하지만, 문자를 확인하기 전에 이미 휴대전화를 손에 쥐고 잠드는 바람에 답장을 못 할 때가 있다. 그야말로 '할머니'적인 순간.

고등학교 때는 3년 내내 기숙사 생활을 했다. 기숙사는 운동장을 사이에 두고 학교 맞은편에 있어서 교실에서 내가 지내는 방의 창문을 볼 수 있었다. 한 학년에 20명 내외가 정원이라 주로 집이 먼 아이들이 입소했고 기숙사 아이들은 읍이나 면에서 온 '촌애'라는 공통점이 있었다. 그 점이 서로를 더 끈끈하게 묶어주었는지도.

기숙사 방은 6인실로 방마다 2층 침대 세 개와 여섯 개의 옷장 겸 수납장이 놓여 있었다. 그중 나는 301호에서 반이 모두 다른 5명의 친구들과 함께 지냈다. 아침 6시쯤 차례차례 일어나 1층 식당에서 밥을 먹고, 소란스레 운동장을 가로질러 등교했다가 야자가 끝나면 다시 방으로 모였다.

학교에서 일어나는 일들은 어째서 그렇게 비밀스럽고 유별난지, 매일 같이 잠드는 사이인데도 학교에서 돌아오면 늘 할 말이 새롭게 쌓였다. 사랑도 많고 미움노 낳아 마음이 자주 약해지던 시기에 의지할 수 있는 사람들이 가까이에 있다는 건 행운이었다. 방으로 모이면 몇 명은 침대에 걸터앉아서, 몇 명은 바닥에 앉아서 각자 보낸 하루를 털어놨다. 그러다 한 명씩 순서를 정해 샤워를 했는데, 중간 순서로 씻고 방으로 돌아오면 잠옷을 입은 아이들과 아직 교복을 입은 아이들이 여전히 이야기를 나누고 있었다.

우리에게 주어진 자유 시간은 길지 않았다. 밤 12시. 무서운 사감 선생님의 점호가 끝나면 일단 불을 끄고 자는 척을 해야 했다. 각자의 침대가 정해져 있지만 침대가 아닌 방바닥에 이불 여러 장을 깔아서 6명이 나란히 누웠다. 아이들마다 선호하는 자리가 있었는데 나는 방문과 가장 먼 안쪽, 창문이 있는 벽에 붙어 잤고 옆자리에는 주로 '윤'이 잤다. 자리에 누워 발을 뻗으면 수건과 속옷을 널어둔 건조대가 닿았다.

불을 끄고 누웠지만 곧바로 자는 애는 없었다. 딱 30분만 이야기하고 자자고 약속해도 말하다 보면 언제나 30분을 넘어섰다. 이야기가 이야기를 불렀다. 불 꺼진 방에서 눈빛이 아닌 천장을 보고 이야기할 수 있어서인지 밝을 때보다 더 내밀한 이야기를, 아직 오지 않은 시간에 대한 진지한 이야기를 했다. 그럴 때는 천장을 보고 있으면서도 먼 곳을 보는 기분이었다. 사감 선생님에게 들키지 않게 속닥거려야 했기 때문에 아이들의 말을 놓치지 않으려면 귀를 기울여야 했다. 하지만 머리맡에는 '윤'이 집에서 챙겨온 라디오가 늘 켜져 있었고, 내가 누운 자리에선 라디오 소리와 아이들 목소리가 같이 들렸다.

쉽게 잠들 것 같지 않은 목소리로 아이들의 이야기가 이어지는 동안 나는 몰래 눈을 감고 잘 준비를 했다. 6명 중 가장 늦게 잠들고 싶지 않았기 때문이다. 혼자 깨어 있는 밤이 무서울 것 같아 어느 순간부터는 눈을 감고서 아이들의 말에 응, 응 대답을 했다. 오늘도 먼저 자면 배신이라는 말에도 하나도 졸리지 않은 척 "알았어. 나 진짜 안 자" 하곤 마음속으로는 '자야 해, 자야 해'를 주문처럼 외웠다. 아이들의 목소리를 들으면서 누워 있으면 매일 밤 찾아오는 불안함이 잦아들었다. 그렇게 6명 중 제일 먼저 잠이 들었고, 다음 날 아침이 되면 또 일찍 자버렸다며 원성을 샀다.

그러다 하루는 늦은 밤중에 혼자 깬 적이 있다. 잠결에 누군가 속삭이는 목소리를 듣고 서서히 잠에서 깨어났고, 비몽사몽인 채로 꿈인지 아닌지 가늠하다 젊은 남자의 목소리라는 걸 깨닫는 순간 너무 놀라 벌떡 일어났다. 방금 전 목소리는 누구지. 소문으로만 듣던 기숙사 귀신인가. 어둠 속에서 잔뜩 긴장한 몸으로 주위를 둘러봤지만 당연하게 아무도 없었다. 다행히 그 목소리는 귀신이 아니라 '윤'이 잠들기 전 끄지 않은 라디오에서 나오고 있었다. 새벽 프로그램을 진행하는 DJ의 차분한 목소리가 속삭임처럼 들린 것이었다. 어쩐지 목소리가 감미롭더라니.

몸과 마음의 긴장이 풀리면서 귀신이라고 착각한 일이 허무하면서 웃었고, 당장이라도 친구들에게 말하고 싶은 기분이 들었다. '아니, 들어봐. 내가 잠결에 어떤 남자 목소리를 들었는데, 귀신인 줄 알고 겁먹어서 깼더니 라디오였던 거 있지?' 하지만 모두 깊은 잠에 빠져 있었다. 살금살금 '윤'의 머리맡으로 손을 뻗어 안테나를 접고 라디오 전원을 껐다. 라디오 소리마저 사라진 방은 신기할 정도로 조용했다. 고른 숨소리만 들리는 어둠 속에서 옆에 나란히 누워 잠든 5명의 아이들을 보았다. 익숙한 얼굴인데도 표정은 잘 보이지 않고, 누워 있는 몸의 윤곽이나 몸을 덮은 이불이 숨에 따라 오르락내리락하는 것이 희미하게 보였다. 혼자 깨어 있는 밤이 무섭다기보단 편안하고 슬프지 않을 만큼 외로웠다.

매일 내가 제일 먼저 잠을 잤던 것처럼, 언제나 늦게 잠드는 아이도 정해져 있었다. 함께 떠들던 친구들의 목소리가 하나둘 잠잠해지고, 조용한 밤에 마지막까지 깨어 있었을 아이도 이런 기분이었을까. 그 순간에는 그 애도 조금 외로웠을까. 비뚤어진 베개를 반듯하게 두고 '윤'의 옆자리에 누워 눈을 꾹 감았다. 아침이 오면 밤에 있었던 일을 꼭 재미있게 말해주리라 마음먹었다. 잠이 오지 않을 수도 있겠다 싶었는데 생각보다 쉽게 잠이 들었다. 그 밤이 지나고 다음날 아침 풍경이 어땠는지는 잘 떠오르지 않는다. 아마도 어떻게 하면 실감 나게 지난밤 이야기를 할 수 있을지 궁리하면서 친구들을 웃기려 했을 것이다. 그 후로 많은 밤이 지나 수능이 끝난 아이들이 하나둘 짐을 싸서 집으로 돌아가고, 울릉도에서 온 친구와 나만 기숙사에 남았을 때도 언제나 나는 그 애보다 먼저 잠이 들었다.

오늘은 절대 먼저 자지 말라는 친구들의 말을 밥 먹듯이 어기던 나는 30대가 되어서도 여전히 일찍 잔다. 새벽에 깨어나면 어둠 속에 냉장고 소리만 희미하게 들리는 방에서 혼자. 그런 밤에는 두 눈을 껌뻑거리며 천장을 보다 잠든다. 가끔 친구들과 짧은 여행을 떠나서도 대부분 먼저 잠이 든다. 이제는 혼자 남는 밤이 무섭거나 외로운 것도 아닌데 12시가 넘어가면 눈이 감기는 것은 나로선 어쩔 수 없는 일.

대신 일찍 자는 만큼 일찍 잠에서 깬다. 낯선 숙소에서 먼저 눈을 떠 침대에 멍하니 앉아 있거나, 씻고 와 젖은 머리로 무언가를 하고 있으면 오래지 않아 친구들이 하나둘 깨어나는 모습을 볼 수 있다. 혼자만 깨어 있는 조용한 아침도 좋지만, 차례차례 눈을 떠 뒤척이는 친구들에게 잘 잤느냐고 묻는 일도 좋아한다. 아직 잠이 덜 깬 목소리로 잘 잤다고 말하는 목소리를 들으면 웃게 되기 때문이다. 마치 마중 나온 사람처럼 아침에는 늦게 잠든 이들을 기다리는 사람이 되는 게 좋다. 그게 나의 일 같다.

나를 향한
환대

한 사람을 오래 알고 지낸 감동은 그 사람의 어린 얼굴을 기억하는 데서 온다. 그 사람이 기억하는 나의 얼굴도 마찬가지. G 언니를 처음 만났을 때 언니는 스물다섯, 나는 스물하나였다. 새 학기와 함께 기숙사 룸메이트가 바뀌던 시기, 친구 방에 놀러 갔다가 어색한 표정으로 의자에 앉은 G 언니를 보았다. 휴학 후 3년 만에 학교로 돌아왔다는 언니는 짧은 머리에 눈빛과 입가에서 웃음이 느껴지는 사람이었다. 15년이 지나 첫 만남에 대한 기억은 대부분 흐려졌지만, 언니는 그날 내가 무슨 말을 했는지 기억하고 있었다.

　"네가 그때 다홍색 스웨터를 입고 있었는데 침대에 걸
터앉아서 나한테 그랬어."
　"뭐라고 했어요?"
　"'언니. 저는 글을 쓰는 사람이 될 거예요'라고."

　갑작스레 불려온 스물한 살의 기억에 쑥스럽기도 하
고 웃기기도 했다. 아마도 언니와 가까워지고 싶었던 거
겠지. 처음 만난 사람에게 스스럼없이 꿈을 이야기할 만
큼. 그날 이후 거의 매일 친구 방으로 놀러갔고 얼마 안
가 짐을 챙겨 두 사람의 방에서 함께 지냈다. 아침에 같
이 일어나 기숙사 식당에서 밥을 먹고, 각자 하루를 보낸
다음 방으로 돌아오면 늦은 밤까지 긴 이야기를 했다. 그
러다 잘 시간이 되면 침대 두 개를 붙여 침대 헤드가 아
닌 벽 쪽으로 머리를 두고 3명이 나란히 누웠다. 침대 사
이의 틈 때문에 아침에 일어나면 늘 허리가 아팠다. 지금
까지도 주기적으로 허리가 아픈 건 어쩌면 그 때문인지

도. 이제 와 생각하면 혼자인 시간 없이 모든 생활을 공유하면서도 불편하지 않았다는 게 신기할 뿐이다. 그때 나에겐 어떤 하루를 보내든 셋이 함께 잠드는 방이 있다는 사실이 소중했다. 돌아가고 싶은 곳이 있어서 외롭지 않았다.

2년 후 언니가 먼저 졸업하고 기숙사를 떠난 후에도 거의 매일 연락하며 지냈다. 우리 사이에 한 차례 변화가 생긴 건 언니가 졸업한 지 1년쯤 지났을 때였다. 그즈음 언니는 어떠한 이유로 마음이 아파서 자신의 이야기를 하려면 자꾸만 울게 되는 날들을 보내고 있었다. 그 이유가 무엇인지 언니가 얼마나 힘들어하는지 대부분 안다고 생각했지만, 내가 아는 게 전부가 아니라는 걸 그때는 잘 몰랐다.

어느 날 언니는 절에 다녀오겠다는 결심을 전했다. 100일 동안 절에 머무르면서 마음 수행을 하고 싶다고. 그곳에서 힘든 마음을 조금이라도 덜어낸 언니가 가벼운 마음으로 돌아오는 날을 기다렸다. 한 사람의 부재와 함께 살아가는 동안 내가 얼마나 많은 부분을 이 사람에게 기대고 있었는지 알게 되었다. 하지만 언니는 100일이 지난 후에도 돌아오지 않았다. 어디에서 어떻게 지내는지 아무런 연락 없이 언니는 사라졌다. 처음엔 언니의 안부가 걱정이 됐고, 얼마 후 휴대전화 번호가 바뀌었다는 걸 알게 됐을 땐 섭섭함과 미운 마음도 생겼다. 언니에게서 연락이 온 건 그로부터 몇 주가 지나서였다. 미안한 목소리로 언니는 말했다. 한동안 절에 더 머무르게 되었다고. 절에서 계속 지내려면 모든 걸 정리해야 할 것 같아 바로 연락하지 못했다고. 언니가 어딘가에 있다는 사실에 깊이 안도했지만, 전화를 끊고 난 후 느낄 수 있었다. 여전히 마음에 남아 있는 서운함을.

만약 30대인 지금 우리가 처음 만났더라면 한동안 연락을 끊고 사라진 언니를 이해할 수 있었을지도 모른다. 삶은 때로 너무 복잡하고, 사람들은 가까운 이들에게도 말할 수 없는 것들을 안고 살아간다는 걸. 한 사람을 사랑하는 동안엔 '그럴 수도 있지'라는 생각으로 기다려야 할 때도 있다는 걸. 이제 조금은 알 것 같으니까. 그렇게 스물여덟에 절에 들어간 언니는 5년이 지나 서른셋이 되었을 때 집으로 돌아왔다. 그사이 조금씩 소원해진 우리 관계는 작은 틈을 그대로 둔 채 이어져왔다. 다시 언니를 보는 마음이 예전처럼 편안해진 건 최근의 일이다.

"사실 나는 도망치고 싶었던 거야."
"무엇으로부터요?"
"그때 나 자신으로부터."

절에서 지낸 이야기를 자세히 듣게 된 건 기차를 타고 언니가 사는 도시를 찾아간 날이었다. 막상 기차를 타니 생각보다 더 가깝게 느껴지는 곳이었다. 언니가 운영하는 꽃집은 오래된 단층 건물이 많은 조용한 동네에 있었다. 그러면서도 조금만 걸어 나가면 소도시의 느슨한 북적임이 느껴졌다. 그날 우리는 작은 꽃집 테이블에 마주 앉았다. 투명한 유리컵에 물 한잔, 조그만 바질 화분, 언니가 미리 준비한 선물을 사이에 두고서 지나간 시간을 우리 앞으로 끌어왔다. 그때의 이야기를 솔직하게 나눈 건 10년 만에 처음이었다.

"왜 도망치고 싶었던 거예요?"

언니는 많은 일들이 떠오르는 표정으로 잠시 생각에 잠겼다.

"너에겐 어떻게 들릴지 모르겠지만 나는 오랫동안 내가 참 미웠어. 이유는 잘 모르겠어. 그냥 어렸을 때부터 그랬던 것 같아. 사랑받고 싶고 인정받고 싶은데 그 마음이 채워지지 않아서 항상 공허했다고 해야 할까. 이렇게 부족한 나는 앞으로도 사랑받지 못할 거라고 생각했어. 내가 지금보다 더 나은 사람이 되지 않으면, 줄 수 있는 게 더는 없으면 사람들이 나를 떠날 것만 같았지. 너희를 보면서도 그랬어. 너희 곁의 멋진 친구들과 비교하면서 결국에는 내 자리가 대체되어 없어질 거라고. 그게 참 무섭고 괴롭더라. 그래서 도망쳤던 거야. 그때 나는 누구 곁에서도 살아갈 수 없을 것 같았거든."

언니가 그런 마음이었다는 걸 가까이에 있던 나는 왜 알지 못했을까. 그 시절 내게 언니가 어떤 사람이었는지 떠올려보았다. 언니가 내게 준 많은 것들, 언니에게 고마웠던 일들이 먼저 생각났다. 셋이 돈을 모아 치킨 한 마리를 시키는 것마저 부담이 되던 시절, 읽고 싶은 책이 있다는 말을 기억했다가 불쑥 선물로 전해주었던 일. 저녁을 굶고 아르바이트를 갔던 날 기숙사 식당에서 언니 몫으로 나온 밥을 도시락으로 싸서 가져다주었던 일. 본가에 다녀오는 날에는 셋이 함께 나눠 먹을 것들을 가방 여러 개에 잔뜩 챙겨오던 모습. 너는 꼭 글을 쓰는 사람이 될 거라고, 너는 앞으로도 잘 살아갈 거라고 지지해주었던 마음. 언니는 항상 내가 주는 것보다 더 많은 것을 나에게 주는 사람이었다. 그러는 동안 언니 혼자 무던히 애쓰고 있었다는 사실을 몰랐다는 게 미안했다. 물론 언니가 사람들에게 주고 싶은 마음은 진심이었을 테지만.

"그래서 내가 한동안 연락이 되지 않았을 때 네가 많이 힘들어했다는 이야기를 듣고 깜짝 놀랐어. 내가 너에게 그렇게 중요한 존재일 거라고 생각하지 못했거든. 그만큼 내가 나 자신을 형편없게 생각했던 거야. 나는 아무것도 아니라고."

언니는 도망치고 싶어 절을 찾아갔지만, 사실은 행복해지고 싶었던 거라고 했다. 여기가 아닌 아주 먼 곳, 아무도 언니를 모르는 곳, 그곳으로 가면 괴로움의 이유도 행복해지는 방법도 알 것 같았다고. 휴대전화와 인터넷도, 독서, 영화, 음악 듣는 일도 제한된 절에서 보내는 하루하루는 담백하고 간결했다. 새벽 4시. 스님이 조심스레 목탁을 두드리는 소리가 들려오면 언니도 눈을 떴다. 눈이 오든 비가 오든 항상 같은 시간이었다. 도반들과 함께 새벽 기도로 하루를 열고, 그날 주어진 소임을 부지런히 다한 후 날이 어두워지면 다시 기도를 드리며 하루를 닫았다. 그곳에서 언니는 스님 말씀대로 계속해서 마음을 들여다보았다. 출렁이는 파도처럼 크게 일렁였다 어느새 잔잔하게 잦아드는 마음을. 언니에게서 나아가 다시 언니에게로 돌아오는 마음의 행적을.

"절에 있는 동안에도 내 마음은 똑같더라. 여전히 질투하고, 사랑받고 싶어 하고, 내가 아닌 다른 무엇이 되고 싶었어. 그런 날에는 앞으로도 나아지지 않을 것 같아서 마음이 무너졌지. 그렇게 무너진 마음을 애써 추스르고 나면 얼마 안 가 같은 이유로 다시 무너지고. 회복하고. 또다시 무너지고. 그러길 수없이 반복했던 것 같아. 괴로운 날들이었지만 나에겐 꼭 필요한 시간이었어. 무너진 마음을 애써 일으키고 나면 또다시 무너지더라도 그 전과 똑같이 무너지지 않는다는 걸, 그렇게 조금씩 나아진다는 걸 시간이 지난 후에 깨달았거든. 하루는 생각했어. 또 나의 못남을 마주하게 되었을 때 '항상 왜 이럴까?' 자책하고 저항하는 게 아니라 나는 이런 결핍이 있는 사람이고, 때로 이런 마음이 들 수도 있다는 걸 받아들이고 싶다고. 나를 미워하는 것도 내 마음이고, 나를 사랑하고 싶은 것도 내 마음이니까. 내가 따르고 싶은 마음을 선택하고 싶어졌어. 그제야 나도 다음으로 나아갈 수 있겠더라. 절에서 배운 것이 있다면…… 나도 행복해질 수 있다는 희망. 처음으로 그 희망을 배웠어."

서른셋. 절에서 돌아온 언니는 어머니가 오래 운영했던 꽃집에서 일을 배우기 시작했다. 괜찮아진 것 같은 날들에도 여전히 괴로운 마음과 숨고 싶은 마음이 수시로 찾아왔지만 그럴 때마다 절에서 배운 것을 떠올렸다. 나도 행복해질 수 있다는, 지금의 나로부터 다시 시작할 수 있다는 희망을. 그리고 언니가 지금 선택한 자신의 자리를 생각했다. 언니가 부르고 싶은 이름으로 꽃집에 새로운 이름을 지어주고, 자신의 공간에 들여놓은 살아 있는 것들이 시들거나 죽지 않도록 살뜰히 보살폈다. 손님이 주문한 꽃다발을 공들여 만들고, 손님이 없는 날엔 틈틈이 좋아하는 그림도 그렸다. 그러는 동안 언니는 어느새 자신의 마음에 찾아든 평온함을 느꼈다. 새잎처럼 튼튼하고 보드라운, 마흔이 된 언니가 비로소 찾은 평안함이었다.

　"너는 기억할지 모르겠지만 네가 나한테 편지를 줬어. 거기에 뭐라고 써 있었는지 알아?"

　"제가 뭐라고 적었어요?"

"'언니. 언니는 이대로도 충분해요.'"

"그래요. 정말로 그렇게 생각했다고요."

"그때는 그걸 몰랐어. 나를 사랑하는 일에는 뿌리 깊은 믿음이 필요해. 그걸 깨닫는 데 40년이 걸렸네."

언니는 지난 세월을 떠올리면 인생에 손해 본 일이 많은 것 같아 아쉽다고 했다. 누군가가 전해준 마음을 온전히 받아들이고, 더 많은 사랑을 누리지 못한 것이 아깝게 느껴진다고. 그래도 더 늦기 전에 알게 되어서 다행이라는 말도 덧붙였다. 지금까지 40년은 나를 사랑해주지 못했지만, 앞으로 남은 40년은 새로운 마음으로 살아가면 되지 않겠느냐고. 그러면 '쌤쌤'이라며.

"요즘은 마음이 편해. 예전 같으면 결점이 많은 나는 사람들 곁에 있을 수 없다고 생각했을 거야. 그런데 있잖아. 이제는 나의 고유함을 생각해. 삶을 충실히 살아가기만 한다면 내 모습 그대로 네 옆에 있을 수 있는 것 같아. 이제는 내가 어떤 사람이더라도, 나라서 할 수 있다는 희망과 사랑으로 살아가고 싶어."

　그날 언니와 이야기를 나누는 동안 꽃집에 많은 사람
이 다녀갔다. 몇 번 얼굴을 본 적 있다는, 정수기 필터 교
체 일을 하는 분이 들어와 익숙하게 꽃집에서 쉬다 갔다.
동네 사람이 가게에 맡기고 간 식초를 찾으러 온 사람이
화분을 보며 이것저것 이야기를 건네고 나가기도 했다.
얼마 전부터 집에서 같이 지내게 되었다는 올케와 아이
들, 아이들의 친구들이 놀러 오자 언니는 그들이 편하게
놀 수 있게 꽃집 바닥에 매트를 깔아주었다. 조금 있자
마침 꽃집 앞을 지나가던 아버지도 잠시 들렀다 갔다.

　"이 꽃집에는 원래 이렇게 사람들이 많이 와요?"
　"그러게. 동네 사람들이 이렇게 가끔 들렀다 가. 물건
도 맡겨놓고. 여기가 편한가 봐."

　언니를 찾아오는 사람들이, 언니 옆에 앉았다가 가는
사람들이 많아서 안심했다. 이 이야기를 하면 언니는 정

말 그랬는지 묻겠지만 10여 년 전에도 그랬다. 많은 사람이 언니를 언니라는 이유로 좋아하고 곁에 머물고 싶어 했다. 다행이었다. 언니가 더 이상 무서워하지 않고, 스스로를 미워하지 않고 자신에게 다가오는 존재를 받아들일 수 있게 되어서. 앞으로도 흔들리는 순간이 오겠지만 그럴 때마다 스스로에게 들려줄 확실한 다짐이 있어서. 통유리창으로 바깥에서 안이 들여다보이는 꽃집은 햇빛을 껴안은 듯 환했다. 언니를 만날 때마다 느꼈던 따뜻한 환대. 언니의 꽃집은 그 환대를 닮아 있었다.

모래사장도
바다니까

    장마가 지나간 7월. 햇볕 쏟아지는 날에 남해의 어느 바닷가를 걸었다. 휴가철이라 그런지 평일 낮인데 바다를 찾아온 사람들이 많았다. 곳곳에 세워진 파라솔과 해변 사이로 젖지 않은 모래를 밟으며 걸었다. 하얀색 샌들 사이로 따뜻하고 건조한 모래알이 들어와 밟혔다. 바다가 위치한 왼편에서 사람들이 웃는 소리와 누군가의 이름을 부르는 높은 목소리가 파도 소리와 함께 들려왔다. 나에게 여름 바다는 이러한 소리들로 기억된다. 저만치 한 손에 운동화를 들고서 해변 가까이에 서 있는 한 여성의 모습이 보였다. 여러 번 파도를 기다렸던 모양인지 하늘색 바지 밑단이 젖어 있었다. 저 사람을 따라 나도 발이나 담글까 하는 생각에 젖은 모래 쪽으로 몇 걸음 다가갔다. 고동색 바닥에 쓸려온 미역과 부서진 조개껍데기 같은 것들이 보였다. 그중 하나를 주우려 쪼그려 앉았다가 바닷물이 밀려오는 걸 보고 뒤로 물러섰다. 신발이 젖을 일 없는 안전한 모래 쪽으로. 그러니까 나와 바다의 거리는 늘 이 정도다.

바다를 좋아하진 않지만 싫어한다고 말하고 싶진 않다. 바다와 함께 남은 애틋한 기억도 있고, 바다를 사랑하는 사람들이 내 곁에 있으므로 그들이 사랑하는 것에 선을 긋고 싶지 않다. 다만 나 혼자 어딘가로 떠나야 한다면 바다를 선택하지 않을 뿐이다. 관심이 생기지 않는다는 말이 더 맞을까. 특히 여름 바다에 뛰어드는 일이라면 더더욱 나와는 먼일처럼 느껴진다.

20대 중반에 친구 4명과 동해의 어느 해수욕장에 갔다. 먼 길을 달려 도착해 뒤로는 기찻길이, 앞으로는 바다가 가까이 있는 숙소에서 하룻밤을 보냈다. 이른 아침부터 집을 울리며 지나가는 기차 소리와 비가 내리는 듯한 습도에 다들 잠을 설쳤다. 둘째 날 낮이 되자 친구들은 모두 바다에 들어갈 준비를 했다. 가만히 서 있어도 정수리가 뜨거운 8월의 한낮이었다. 남자 하나. 여자 셋. 조금씩 키가 다른 넷이 어른용 튜브 하나에 팔 하나씩만 걸친 채 바닷물이 가슴께까지 차오르는 깊이까지 걸어들어갔다. 깊어질수록 한 친구가 입은 컬러풀한 옷이 부풀어 오르다 이내 달라붙었다. 겁이 나지 않을 정도의 깊이에서 누구는 튜브를 안고 발장구를 치고, 누구는 장난을 치다가 발을 헛디뎌 풍덩 빠졌다. 그중 수영을 할 줄 아는 두 사람은 더 먼 곳까지 헤엄을 쳐서 나아갔다가 돌아오기도 했다. 그러다 큰 파도가 밀려올 때는 넷이 튜브를 잡고서 "온다, 온다" 하며 기다렸다가 찡그린 웃는 얼굴로 두둥실 떠올랐다. 곧 웃게 될 순간을 아는 얼굴들이었다. 휴가철 바다에는 많은 사람이 떠 있었고, 각자 자신이 차지할 수 있는 만큼 바다의 크기를 가지고 놀았다. 모래사장에 앉아 그런 친구들을 지켜봤다. 파라솔이 없어서 등과 목덜미가 뜨거웠다. 내가 혼자 있는 게 마음에 걸린 친구들이 젖은 얼굴로 들어오라고 손짓을 했다. 맑고 명랑한 목소리에 잠시 마음이 일어나는 듯했지만 두 팔로 엑스를 그리며 고개를 저었다. 뜨겁더라도 그러고 있는 게 좋았기 때문이다. 바다와 바다보다 더 커다란 하늘을 지켜보며 시간을 보내다 보면, 놀다 지친 친구들이 하나씩 바다에서 걸어 나와 옆에 앉았다 갔다. 오래지 않아 그 애들이 다시 바다로 돌아가고 난 자리엔 물 자국이 남았다.

1시간쯤 놀았을까. 친구들이 물을 뚝뚝 떨어트리며 다가왔다. 그날 한 친구는 수건으로 대충 물기를 닦아내며 내게 아씨라고 놀렸다. 바다에서 놀다가 내 쪽을 바라보았는데, 원피스를 입고 모래에 앉아 미소 짓는 내 모습이 대저택에서 바깥 구경을 나온 병든 아씨 같았다는 거다. 자신들은 그런 아씨를 모시고 나와 오랜만에 자유를 누리는 하인들 같지 않았냐고. 그 말이 두고두고 웃음거리가 됐다. 축축한 네 사람과 함께 숙소로 돌아가기 위해 모래사장을 가로질러 걸었다. 젖은 몸들 사이에 있으니

습한 바람도 잠시나마 시원하게 느껴졌다. 해가 지려면 한참 멀어서 고개를 돌리면 여전히 많은 사람이 바다에 떠 있었다. 해변을 등지고 숙소로 돌아가는 길에 한 친구가 내일도 바다에 들어가고 싶다고 말했다. 넷 중에서 가장 먼 곳까지 헤엄을 쳐서 나아가본 친구였다. 발바닥에 밟히는 까슬한 모래알을 느끼며 생각했다. 어려운 일도 아닌데 친구들과 같이 바다에서 파도를 기다렸다면 좋았을까. 얼굴과 몸이 젖든 말든 아무렇지 않게. 아마 그랬대도 좋았을 것 같지만.

바다에 빠지지 않는 이유는 여러 가지다. 수영을 못 해서 물이 낯설기도 하고, 머리카락과 옷이 흠뻑 젖어 몸에 달라붙는 느낌도 좋아하지 않는다. 젖은 신발을 신고 모래사장을 걷는 느낌도. 무엇보다 나에겐 바다에 풍덩 빠지는 일이, 여럿이서 헤엄을 치고 노는 일이 어쩐지 약간의 부끄러움을 감수하는 일이다. 콘서트나 공연장에서 모르는 사람들과 함께 뛰거나 소리를 질러야 할 때 발이 쉽게 떨어지지 않는 마음과 비슷하다. 지금보다 더 즐거워야 한다는 기분에 내가 지고 마는 느낌이라고 해야 할까. 그런 순간에 속으로 생각한다. 뛰지 않아도 소리 지르지 않아도 이대로도 나는 충분히 즐거운데요.

바다에 아무렇지 않게 뛰어드는 사람이 있고, 모래에 앉아 그 사람들을 구경하는 사람이 있다. 햇볕에 바짝 마른 몸으로 친구들의 얼굴과 바다의 소란을 지켜보는 사람. 그리고 찬찬히 둘러보면 모두 다른 사람들이 보인다. 어린아이의 발에 바닷물을 적셔주고 싶어 하는 사람, 파도를 기다리는 사람, 그저 바라보는 사람, 해안선을 따라 조용히 걷는 사람, 뛰는 사람, 무언가를 줍는 사람, 맥주를 마시는 사람, 낮잠을 자는 사람. 언제나 바다의 풍경은 이렇게 유지되는 것 아닐까.

그럼에도 삶은 한 번뿐이니까, 바다에 뛰어드는 일이 그렇게 어려운 일도 아니니까. 언젠가 좋아하는 친구가 같이 바다에 들어가자고 손을 이끈다면 가볍게 엉덩이를 털고 일어나 어설픈 헤엄을 쳐봐도 좋을 것이다. 기분 좋은 차가움과 매끄러움에 뜻밖의 행복을 느낄 수도 있겠지. 하지만 그러고 나서 결국 나는 모래에 앉아 있는 쪽에 더 가까운 사람일 거라는 걸 안다. 시간이 지나도 내 안에서 어떤 부분이 끝내 변하지 않을지, 그런 것들을 차분한 마음으로 느낄 수 있다. 그런 것들이 모여 나라는 사람이 된다.

오늘은 8월. 한낮에는 여름이 천천히 가는 것 같다가도, 저녁이 되면 여름이 금방 지나가는 것만 같다. 올해 여름도 바다의 풍경은 비슷할 것이다.

사랑하는
황금비율

 믹스커피를 마시기 시작한 건 꽤 오래전이다. 열 살 넘어서부터 식후에 믹스커피 한잔을 꼭 마시는 할머니를 따라 마셨으니 벌써 20년이 넘은 취향이다. 왜인지 믹스커피는 취향보다는 습관이라는 말이 더 어울리는 것 같지만, 할머니와 나만 해도 각자 좋아하는 커피의 농도나 맛이 다르다. 진하게 마시는 나는 '이만큼만 넣어도 되나?' 싶을 정도로 물의 양이 적고, 연한 커피를 좋아하는 할머니는 한강처럼 물을 넉넉하게 넣는다. 그다음엔 뜨거운 물에 커피믹스가 잘 섞이도록 젓가락으로 빠르게 휘휘 저어주면 끝. 그때나 지금이나 믹스커피는 아침에 일어났을 때와 밥을 먹고 나서가 제일 맛있다.

대학생 때는 1교시 수업에 들어가기 전 자판기에서 밀크커피 한 잔을 뽑아 마시는 일이 아침 습관이었다. 도서관, 인문대학, 경상대학 자판기마다 맛이 조금씩 달라서 그 차이를 느끼는 게 소소한 즐거움이었다. 그중 경상대학 건물에는 보통 자판기와 프리미엄 자판기가 있었는데, 보통 자판기는 밀크커피 한 잔에 150원인 한편 프리미엄 자판기는 250원이었다. '굳이'라는 생각에 보통 자판기 커피를 마셨지만, 가끔 기운을 내고 싶을 땐 100원을 더 넣고 프리미엄 커피를 마셨다. 동전이 들어가는 소리와 종이컵에 커피가 채워지길 기다리는 시간이 좋았다. 점심 사 먹을 돈도 빠듯한 시절에 250원으로 얻을 수 있는 기쁨이라는 게 기특했다.

대학교 3, 4학년 2년 동안은 인문대학 행정실에서 아르바이트를 했다. 어려운 일은 크게 없었고 행정실을 쓸고 닦고, 강사 대기실을 정리하고, 손님이 오면 음료를 대접하고, 직원들의 은행 업무 같은 사적인 잔심부름을 하면 됐다. 남는 시간에는 사무실 빈자리에 앉아 공부할 수 있게 해주어서 다른 일들보다 마음 편한 아르바이트였다. 그곳에서 가장 좋아했던 시간은 오전 수업이 없는 날, 아침 9시에 출근해 탕비실에서 혼자 설거지를 할 때였다. 전날 오후부터 쌓였을 컵들을 뽀득뽀득하게 씻고 나면 보상처럼 맥심 모카골드 커피믹스를 타서 마셨다. 싱크대 옆에는 밖으로 밀어서 여는 작은 창문이 하나 있었는데, 창 너머로 인문대 학생들이 걸어 다니는 잔디밭이 보였다. 탕비실에서는 꼭 창문 앞에 서서 종이컵에 탄 커피를 마셨다.

그 자리를 좋아했던 이유는 작은 창으로 불어오는 바람 때문이었다. 사무실과 분리된 조용한 탕비실에서 바람을 맞으며 커피를 홀짝이고 있으면 몸도 마음도 잠잠해지는 기분이 좋았다. 그러다 가을 학기가 끝나가던 어느 날. 얼굴에 닿는 바람이 제법 차가워진 것을 느끼며 후후 불어 식힌 커피를 한 모금 마시는데, 무슨 이유에선지 '나는 여기에 이렇게 살아 있구나'라는 사실이 새삼스

레 느껴진 적이 있었다. 나는 이렇게 살아 있고, 앞으로
도 계속 살아갈 것이라는 게 문득 실감이 나서 가슴이
작게 두근거렸다. 사소한 순간이었지만 그 후로 취업을
하고 30대에 접어들고서도 믹스커피를 마시다가 종종
그 기억이 떠올랐다. 그때는 왜 그런 생각이 들었을까,
여전히 조금 어리둥절한 채로.

20대 중반부터는 카페에 가면 아이스 아메리카노를
마시는 게 습관이 되었지만, 하루에 두세 잔은 꼭 믹스커
피를 마신다. 특히 겨울날, 회사에 출근해 처음 마시는
커피로 아메리카노가 아닌 믹스커피가 당겼다. 좋은 원두
로 내린 뜨거운 아메리카노는 깔끔한 코트 같지만, 1분도
채 걸리지 않고 휘휘 저어 먹는 믹스커피는 가볍게 두르
는 따뜻한 목도리 같았다. 물론 여름에는 여름대로 얼음
을 넣어 차갑게 마시는 것을 좋아하는데 뜨거울 때보다
뾰족해진 단맛을 느낄 수 있다. 대신 얼음이 녹으면 금세
싱거워지므로, 한 모금 더 마시고 싶은 욕심이 나더라도
평소보다 물의 양을 적게 하는 것을 잊어선 안 된다.

하지만 회사에서 믹스커피는 대접받지 못하는 취향이다. 14명 중 믹스커피를 마시는 사람은 나를 포함해 40대 팀장님, 과장님 이렇게 3명. 소수의 열렬한 지지를 받는 맥심 화이트골드 커피는 간식 바구니 한쪽에 언제라도 사라질 것 같은 위태로운 모습으로 꽂혀 있다. 종종 사람들이 탕비실에서 커피를 휘젓는 나를 보고 "왜 믹스커피를 마셔? 좋은 원두커피를 두고"라고 묻는데 딱히 할 말이 없다. 이유라면 그냥 좋아하기 때문인데 왜 굳이 좋아하냐고 묻는다면 "글쎄요. 그냥 좋으니까 마시는 것 아니겠어요. 왜 이유가 필요하다고 생각하시는지……"라고 속으로만 생각한다. 그래서 또래의 누군가가 익숙한 모습으로 믹스커피를 마시는 모습을 보면 친밀감을 느낀다.

하루에 서너 잔씩 마시던 믹스커피를 끊으려고 몇 번 시도했었다. '밥 먹고 믹스커피 먹으면 살쪄. 생각해봐. 설탕에 크림에 그게 몸에 좋겠니. 너 소화 안 되는 것도 믹스커피 때문이다?' 같은 주변 말들 때문이었다. 처음 며칠은 마시지 않는 게 어렵지 않았지만, 삼사일째가 되면 출근 직후나 졸린 오후에 어김없이 문제의 단맛이 생각났다. 그러면 나는 매번 같은 실수를 되풀이하는 애인을 받아주는 마음으로 탕비실로 향했다. 그래. 그동안 우리가 함께한 시간이 얼만데. 좋은 기억이 우리에겐 더 많잖아. 그래도 최소한의 양심을 지키기 위해 하루에 한두 잔으로 양을 줄이고, 세 번에 한 번 정도는 커피 스틱의 끝부분을 잡고 설탕을 약간 덜 넣는다. 그 적은 양으로도 맛이 미묘하게 달라져 역시 믹스커피는 과학임을 깨닫고 다 털어 넣었다 며칠 후 다시 덜 넣기를 반복한다. 이것이 최선의 타협점이다.

40대에도, 50대에도, 살아 있다면 그 후에도 어쩐지 나는 믹스커피를 마시고 있을 것 같다. 다른 모습은 몰라도 이 모습만은 그려진다. 아침에 일어나 커피 스틱 하나를 꺼내고 물은 이 정도면 되나 싶게 컵에 따르기. 그리고 티스푼으로 빠르게 휘휘 저은 다음 조심스레 마시는 달고 뜨거운 한 모금. 왜 이 맛은 질리지 않지, 또 하루가 시작됐구나, 그런 생각을 하면서. 그리고 제법 선선한 바람이 불기 시작하면 오래전 탕비실 창문 앞에서 했던 생각이 떠오르는 날이 있을 것이다. 무슨 이유에선지 커피 한 잔에 '나는 계속 살아갈 것'을 생경하게 느꼈던 순간을. 지금보다 경험이 많아진 나중에는 이유를 알게 되려나.

하지만 살아가는 일에 대해서는 알 것 같은 느낌이 내가 알 수 있는 전부일 때도 있지 않냐고. 역시나 어리둥절한 채로 고개를 끄덕일 뿐이다. 지금 확실히 아는 것들이란 겨우 이런 것. 어떻게 하면 믹스커피를 더 맛있게 먹을 수 있나. 내가 좋아하는 황금비율뿐.

하고 싶은 이야기는
언제나 마지막에

하루는 초등학교 교사인 친구가 최근 아이들과 해봤다며 '능력치 그래프 활동' 이야기를 들려주었다. 우선 이 활동을 하기 위해서는 대여섯 명이 한 모둠이 되어야 한다. 준비물은 육각형 그림이 인쇄된 투명한 OHP 필름과 여러 색깔의 사인펜이다. 아이들은 각자 필름 한 장씩 갖고, 육각형의 꼭짓점마다 선생님이 불러주는 능력을 적는다. 예를 들면 숙제 미루지 않기, 피구 잘하기, 친구 칭찬하기, 발표하기, 그림 그리기, 정리 정돈하기. 그리고 육각형의 중심과 각 꼭짓점을 선으로 이은 다음 5점 만

점이 될 수 있도록 네 칸의 눈금을 그린다. 아이들은 꼭 짓점에 적힌 능력마다 내가 가진 능력치는 어느 정도인지 눈금에 표시하고, 그 점을 하나의 선으로 이으면 육각형 안에 각자의 도형이 만들어진다. 그런 다음엔 자신이 좋아하는 색깔로 도형을 색칠한다. 누구는 '숙제 미루지 않기'에 네 칸만큼 자신 있지만, '피구'는 한 칸만큼의 자신이 있고, 누구는 '정리 정돈'은 두 칸 정도 잘하는데 '친구 칭찬하기' 능력만큼은 최대치다. 완성된 도형을 보면 아이들이 스스로 어떤 능력이 더 뛰어나다고 생각하는지, 상대적으로 어떤 능력에 자신 없어 하는지 볼 수 있다. 하지만 이 능력치 그래프에서 중요한 점은 그다음 활동이다.

아이들은 모둠별로 완성된 OHP 필름을 챙겨 교실 창가로 간다. 그리고 여러 장의 필름을 하나로 겹친 다음 손을 뻗어 햇빛에 비춰본다. 그러면 내가 잘하는 걸 옆자리 친구는 못하는 바람에, 또 앞자리 아이가 못하는 걸 내가 조금 더 잘하는 바람에 혼자서는 채워지지 않았던 육각형의 빈자리가 여러 색깔로 채워진다. 신기하게 모둠을 바꿔도 대여섯 명의 필름을 겹치면 결국 육각형이 채워진단다. 오, 그럴 수가. 서른이 넘은 친구들과 한자리에 모여 OHP 필름에 능력치 그래프를 그리는 일은 생기지 않겠지만, 햇빛에 선명하게 드러나는 여러 색깔로 채워진 우리의 육각형을 상상해봤다. 나의 빈 부분을 채워줄, 내가 못하는 걸 잘하는 여러 사람의 얼굴도.

나는 소문난 길치다. 그런 내가 헤매지 않고 마음 편히 갈 수 있는 장소들은 적어도 대여섯 번 이상은 간 곳이다. 집과 회사, 단골 가게 정도라는 뜻이다. 친구들은 지도 어플에서 화살표가 알려주는 방향으로만 가면 된다고 하는데 과연 그 사실을 몰라서 길을 잃는 것일까? 지도를 봐도 어느 쪽으로 가야 하는지 헷갈린다는 것이 길치의 문제점이다. 특히 창원보다 지도가 더 촘촘해지는 서울이나 처음 가는 여행지에서는 언제나 긴장 상태다. 땀이 나고 배가 아프다.

그래서 낯선 곳에서는 길을 잘 찾는 일행과 함께하면 긴장감이 훨씬 줄어든다. 유독 길 찾는 능력이 뛰어난 이들이 있다. 그들은 목적지가 빨간 점으로 표시된 지도만 봐도 '아. 여기서 이렇게 저렇게 가는구나' 하고 가뿐하게 발걸음을 옮긴다. 저렇게 머릿속에 쉽게 그려지다니. 그럴 때마다 매번 감탄하면서 친구가 가자는 방향으로 순순히 따라간다. 혼자서는 지도 어플을 보며 걷느라 구경하지 못했을 낯선 풍경들도 길을 안내하는 친구 덕에 천천히 구경하면서 걷는다. 그러다 보면 어느새 가보고 싶었던 장소에 늦지 않게 도착한다. 땀 흘리지도 않고, 배 아프지도 않고.

한번은 늘 내비게이션 역할을 해주던 친구가 다른 사람과 있을 때는 그 사람에게 의지해 낯선 곳을 편하게 다닌다는 말을 들었다. 나보다 덜 길치였을 뿐, 다른 사람에게는 자신이 길치 소리를 듣는다며. 그러면 친구도 그 사람과 함께할 때는 마음 편히 주변을 둘러보며 걸을 수 있었겠네. 그저 덜 부족한 사람이 더 부족한 사람을 이끌어주었던 것뿐. 그 사실이 고맙고 조금 미안했다.

못하는 일을 하나 더 말하자면 '걱정하지 않기'다. 걱정하는 것을 걱정하지 말라는 말을 이해할 수 없는 나는 특히 잠들기 전 온갖 근심 걱정에 휩싸인다. 지금 하는 일과 앞으로 해야 하는 일. 오늘 한 실수와 언젠가 한 것 같은 실수. 친구의 표정이나 목소리. 써버린 돈과 써야 할 돈. 나아가 세상에서 일어나는 온갖 나쁜 일들. 대부분은 아직 일어나지 않은 일이지만 한번 걱정을 시작하면 진짜인 것처럼 집요하게 빠져든다. 그럴 때마다 불안을 잊는 방법은 믿음직한 친구들에게 전화를 거는 일이다. 얼마나 고민 상담을 자주 했던지 한 친구가 "여보세요" 대신 "네. 오늘은 또 어떤 걱정이세요?"라고 전화를 받아 웃음이 터지기도 했다. 저마다 장점이 달라 세심한 친구는 깊은 세심함으로, 단호한 친구는 현명한 단호함으로 불안을 덜어준다. 눈앞의 걱정이 아닌 다른 곳을 보게 하는 목소리 덕분에 안심하고 잠든 날이 얼마나 많은지.

그렇다면 이쯤에서 생각하지 않을 수 없다. 나는 친구들의 어떤 부분을 채워주고 있을까. 가슴에 손을 얹듯 키

보드에 가만히 손을 얹고 친구들이 못하는 일들을 떠올린다. 낯가림이 심해 사람들이 많은 자리에서 이야기를 먼저 시작하지 못한다거나. 누군가에게 쉽게 마음을 주지 못한다거나. 자꾸만 자신을 미워하고 스스로를 쉽게 탓한다거나. 글쓰기가 너무 어렵다거나. 꼼꼼하지 못해 무언가를 자꾸 놓친다거나. 중요한 결정을 잘 하지 못한다거나. 시작할 용기가 부족하다거나.

다행히 나는 상대적으로 사교적인 편이라 낯가림이 심한 친구에게 새로운 친구를 소개해줄 수 있다. 길은 못 찾지만 친구가 좋아할 만한 장소를 찾아내 같이 가자고 말할 수 있다. 나 역시 스스로를 자주 탓하는 사람이지만 친구의 좋은 점은 잘 찾아내 큰 목소리로 응원할 수 있다. 단호한 말투로 대신 싸워주진 못해도 마음이 풀릴 때까지 고개를 끄덕이며 이야기를 들어줄 수 있다. 친구가 자주 까먹는 걸 기억력이 좋은 내가 대신 기억해줄 수 있다. 서너 개 정도 더 말하고 싶지만 잘 떠오르지 않아 조금 당황스럽다. 친구들이 못하는 건 대부분 나 역시 잘 못하는 편이므로.

하지만 아는지. 나는 너의 잘하는 점들 때문에 반하게 되지만 너의 못하는 일들을 볼 때 더 마음이 기운다는 걸. 너의 못함으로 비어 있는 자리에 다행히 내가 잘하는 것으로 빈틈이 채워진다면 좋겠지만, 나의 못함과 너의 못함이 비슷하다면 사실 그 또한 나쁜 일은 아닐 거라고. 창가로 가 각자의 육각형을 겹친 필름을 햇빛에 비춰볼 때 빈 부분은 그대로여도 겹치는 부분은 더 진해져 우리는 서로의 못함에 안심하며 더 가까워질 거라고. 나 같은 사람이 여기 또 있다는 것, 때로는 그 사실이 가장 큰 위로가 되기도 하는 법이니까. 그러니 못해도 괜찮은 것 아닌가. 겹쳐지거나 한쪽이 채워주면 되는 거잖아.

그러고 보니 항상 그래왔던 것 같다. 정말로 하고 싶은 이야기는 언제나 마지막에 있다.

끌어안는
삶

비가 그치고, 바람이 불어요. 방심하고 가로수 아래를 지나가다 깜짝 빗방울을 맞아요. 고개를 드니 잎 가장자리에 맺힌 물방울이 보입니다. 늦은 밤부터 다시 비가 내린대요. 이번 장마에는 유난히 많은 비가 온다더니 정말 그런가 봅니다. 이불 빨래가 바짝 마르는 햇빛이 그리워요.

얼마 전엔 할아버지 생일이었어요. 작년 생일에는 할아버지 자식들이 다 모인 집에서 초를 불었지요. 한상 가득 차려진 음식과 손뼉을 치며 생일 축하 노래를 부르는 가족들을 보면서 살 만해진다는 게 이런 건가 생각했습니다. 한자리에 모이기 어려웠던 저마다의 이유도 조금씩 마모돼 앞으로는 자주 이러고 살자며 밥도 먹고 술도 마시고 하는 게요. 그날 다섯 살짜리 증손자가 할아버지 머리를 만지며 "축하합니다"라고 말했던 것도 기억하시죠? 예상치 못한 행동에 모두 웃음이 터지는 걸 보면서 그 순간 우리가 같은 것을 나눠 가졌다는 걸 알았습니다. 돌아보면 마음 저릿해지는 우리가 함께 웃었던 기억을요.

어디선가 장례 후 첫 생일을 챙긴다는 말을 듣고서 아버지는 생일상을 준비했습니다. 미역국을 끓이고 배추전도 부치고요. 아버지가 보내준 사진을 보면서 할아버지 무덤에 세워진 비석이 떠올랐어요. 비석에는 생과 졸이 함께 새겨져 있습니다. 1939년 5월에 태어나 2022년 11월에 죽은 사람. 작년 가을까지만 살고 겨울은 겪지 못한 사람. 할아버지가 없는 지난겨울은 유난히 길었습니다.

어느새 환해질 봄을 받아들일 자신이 없었는지도 몰라요. 하지만 시간은 흘러 아무도 살지 않는 집 마당에도 목련은 피고 지고, 여름 속에서 매실도 동그랗게 익었습니다. 한 달 후면 처서가 오고 할아버지가 좋아하는 가을이 시작될 거예요.

우리가 마지막으로 산책했던 날을 기억합니다. 11월 초, 수술 징후가 좋지 않아 경북대학교 병원에 갔던 날이었지요. 진료가 끝나고 아버지가 차를 가지러 간 동안 할아버지를 태운 휠체어를 밀며 병원 한 바퀴를 천천히 걸었습니다. 혹시 추워하실까 봐 할아버지 몸에 이불을 칭칭 두르고서요. 볼 거라곤 손님을 기다리는 택시들, 햇볕을 쬐러 나온 환자들, 나무 몇 그루 밖에 없었지만 부쩍 말수가 적어진 할아버지에게 병원 바깥을 보여주고 싶었어요. 그날은 이상하리만치 따뜻한 날이어서 꼭 봄날 같다는 말에 할아버지도 고개를 끄덕이셨죠. 아마도 베개가 닿는 부분이었을, 할아버지 뒷목에 생겨난 욕창 흔적도 그때 자세히 보았습니다. 잠시 휠체어를 세운 건 하

얇게 각질이 일어난 상처 주변에 로션을 바르기 위해서
예요. 윤기 없는 피부엔 로션도 잘 스며들지 않았지요.
구석구석 펴바르는 동안 포근한 바람이 불어왔어요. 그
래서요. 어쩌면 할아버지가 조금 더 사실지도 모르겠다
고 생각했어요. 날이 너무 좋았으니까요.

　다시 휠체어를 밀며 할아버지에게 이것저것 물었습니
다. 저는 할아버지에게 질문하는 걸 좋아하는 아이였잖
아요. 제가 어떤 걸 묻더라도 할아버지는 대답해줄 거란
믿음이 저에게는 자부심이었다는 걸 아실까요. 어떤 계
절을 좋아하시냐고 물었던 건 순전히 그날 불었던 바람
때문이에요. 그리고 할아버지는 가을이 제일 좋다고 대
답했습니다.

　"가을이 왜 좋으세요?"
　"가을에는 수확을 하니까."
　"어떤 농사가 제일 재미있으셨어요?"
　"다 재미있었다. 고추도, 감자도, 오이도⋯⋯."

그러게요. 저도 할아버지와 밭에서 보내는 시간이 좋았습니다. 흙을 살살 골라내 감자를 캐던 것이나 고추밭에 물을 줄 때 호스가 엉키지 않게 뒤에서 잡고 있었던 것. 당근을 수확하던 첫해 이파리를 당기니 쑤욱 뽑혀 나오던 당근을 보며 웃던 것. 한 수레 가득 감을 싣고 집으로 돌아가는 할아버지를 보던 날도요. 가장 싫어하는 계절을 묻자 겨울이라고 대답하셨지요. 이유는 하나. 먹을 것이 없다는 거였어요. 할아버지에겐 겨울이 여전히 배고픈 계절이라는 게 신기했습니다. 그리고 할아버지 앞에선 늘 어린아이처럼 구는 저는 그날도 엉뚱한 질문을 했습니다.

"할아버지. 그럼 저는 어떤 계절 같아요?"

아마도 내가 태어난 여름이라고 말씀하실 줄 알았지만, 할아버지 대답은 달랐어요.

"너는 가을이다."

"제가 왜 가을 같나요?"

"너는 조용하면서도…… 꼭 끌어안고 있으니까."

"무엇을요?"

"살아 있는 것들을."

할아버지.

여전히 저는 그 말을 궁금해합니다. 살아 있는 것들을 꼭 끌어안는 게 무엇인지를요. 당신은 저에게서 무엇을 보셨던 걸까요. 대답을 들을 수 없으니 유언처럼 남은 말을 곱씹으며 짐작할 뿐입니다. 그저 살아 있는 것들을 삶이라고, 끌어안는 삶이 내 삶만은 아닐 거라고 여기며 살아가도 될까요.

비가 그치고 바람이 붑니다. 초록이 온통 짙습니다. 세상이 불쑥 아름다울 때마다 당신이 몇 년만 더 살았다면 좋았을 것이다, 생각합니다. 어떤 날엔 단 하루를 바라게 될 때도 있어요. 당신이 살아봤다면 좋았을 삶. 제가 꼭 끌어안는 삶에는 그 삶 또한 있습니다.

우리는 조금씩 자란다

초판 1쇄 발행 2023년 9월 12일

지은이 김달님
펴낸이 윤동희
책임편집 김미라
디자인 김소진
마케팅 윤지원 김은조 김연영

펴낸곳 ㈜미디어창비
등록 2009년 5월 14일
주소 04004 서울 마포구 월드컵로12길 7 창비서교빌딩
전화 02) 6949-0966 **팩시밀리** 0505-995-4000
홈페이지 books.mediachangbi.com
전자우편 mcb@changbi.com

ⓒ 김달님 2023
ISBN 979-11-93022-14-6 03810